出世ができずに「うつ」になった中年ビジネスマンへ

――精神科医との365日

寺島はじめ

ラグーナ出版

プロローグ

中年の社員が、突然落ち込み「うつ状態」になることを、ジャーナリズム用語で「ミドルエイジ・シンドローム（中年症候群）」という。そのなかには、昇進直後に発症する「昇進うつ病」や、仕事に打ち込みすぎて発症する「過剰適応症候群」などいくつかのタイプがあるようだ。

私が発症した「上昇停止症候群」もその中のひとつである。昇進を目標として一生懸命働いてきた人が、これ以上の昇進を望めないことに気づいたときに発症するものらしい。特に、挫折なく順風満帆に出世街道を走ってきたエリート社員や負けず嫌いのサラリーマンに多く見られるという。

私は、典型的な〝会社人間〟で、会社のために昼夜働き、発熱しようが、頭痛があろうが、出勤して上司の指示事項をこなしてきた。土日も出社するか、自宅でパソコンに向かった。これだけ私生活を犠牲にしているのだから、出世することは当たり前だと微塵も疑わなかった。そのおかげか、同期の中で、もっとも若い年齢で課長に昇進し、その後も順調に部長に昇進した。部長になった後も、会社人間は変わらず、このまま順調に会社人生が続くものと疑っていなかった。

　そんな順風満帆に見えたサラリーマン人生だったが、ある事件で風向きが変わった。腹心として仕えていた上司が、ある問題の責任を取らされて左遷されてしまったのだ。新しく来た上司は、自分のやりたいことをするために、自分の腹心を周りにおくべく組織変更を行った。そして、私は、部門の中核部署である企画管理部門からルーチン業務を行う部署へ異動となった。元上司の右腕だった私は、新しい上司からは邪魔な存在であり、疎まれたということだ。会社の中ではよくあることだと気にしないふりをしながらも、内心は左遷されたと考えていた。

　左遷された後も、今までどおり「努力をすれば報われる」と会社人間としてのやり方は変えずにいたが、評価はされなかった。それどころか、新しい上司は気に入っていた私の後輩を先に昇進させた。

　人事は上司との人間関係で決まるというのは知っていたが、まさか自分の身に降りかかってくるとは微塵も思っていなかった。

　この時点で、この会社にいてもこれ以上の昇進はない……。そんな絶望といらだちが、「上昇停止症候群」発症のきっかけであった。

　発症の経緯については、第一章で詳しく述べるが、はじまりは、特に暑くもない通勤電車の中で冷や汗がにじみ出てきたことだった。何も考えられず、ただ電車の座席に座っているだけ。這いつくばって会社にたどり着く毎日が続いた。

待望の土日は、家のベッドで寝ているだけ。なにもしない週末が続いた。さすがに女房も「うつ状態」であることを察して、病院へ行くように強く勧めた。これがきっかけで、メンタルクリニックに行くことになったのだ。

精神科医による診察がはじまった。うつを治すための本やストレス解消の本を読んだり、リラックスするためにアロマテラピーや森林浴などにも取り組んだりした。しかし、少しずつ効果があらわれてきたものの、薬をやめることで症状が再発するのでは、という不安感から、なかなか医師から処方された薬をやめることができなかった。

本書では、そんな私が、試行錯誤を繰り返し、「上昇停止症候群」を乗り越えた経緯、特に、尊敬できる精神科医（以下、K医師）との出会いとやりとりとをありのままに書いてみた。

うつ状態から脱し、新たな目標に向かっている途中で偉そうなことは言えないが、私の試行錯誤の内容や精神科医とのやりとりが、同じ症状に悩んでいる方、あるいはサラリーマン人生に疑問を抱いている方、定年をもうじき迎える方など、多くの方々に少しでも役立つなら幸いである。

出世ができずに「うつ」になった中年ビジネスマンへ——精神科医との365日　目次

第三章　精神科医の診察開始

第四章　ぶり返し

第五章　「上昇停止症候群」終了宣言

第一章
想定もしなかった「うつ状態」

「うつ状態」の原因

今から考えてみると、「上昇停止症候群」発症の兆候は、二年前からはじまっていた。それは、社外トラブルの対応をミスして、責任を取らされた上司の失脚である。私は、その上司の右腕として働いていたため、重要な業務を任され、賞与査定や年次評価でも最高に近い評価を常に受けていた。

しかし、その上司がトラブルの責任を取らされた形で異動になり、新しい上司が着任すると状況は一転した。

新しい上司は着任早々、部門を総括しており花形とも呼ばれる企画管理部門から私を外して閑職に異動させた。彼がやりたいことをやるためには、部門を仕切っていた私が邪魔だったことはよく理解できた。

同時に、部門の人事担当も、後に昇進した後輩に引き継ぐように言われた。部門の人事担当は、部門全体を見て人事異動を実質行う業務だ。いわば、部門のエースが担当してきた。そこから降ろされた時点で、左遷されたのだと確信した。

それでも、「努力すれば報われる」と信じて、朝早くから夜遅くまで働いた。当時は、今のように「働き方改革」などはなく、時間無制限で働ける環境にあった。

前任者から引き継いだ業務の仕組みを変えたり、部下への指導も熱心に行った。そして、その成果を社長へプレゼンしたり、相変わらず〝会社人間〟を続けていた。

しかし、努力は報われることはなかった。それどころか、昔指導していた後輩が出世していった。その後輩は、新しい上司のお気に入りなのだ。しかも、私と違って年下だから使いやすい。

その事実を知った左遷された元上司から、心情を察する旨の激励メールをもらったが、すでに彼は失脚した立場であり、もはや人事に関する力はない。

これ以上、今の部門で仕事をする気持ちはまったくなくなった。入社以来三〇年近く同じ部門で働き、深い愛着があったが、この日を境にその愛情もまったくなくなっていった。

しかも、新しい上司は、部門がまったく異なるところから来た素人だった。部門で下積みし、たたき上げられ、知識や経験では決して負けない私にとって、彼が上司になったことは納得できなかったし、怒りさえ抱いたが、その怒りをぶつける先が見つからず、大きなストレスを自分自身の中に抱え込むことになった。

同時に、自分が入社以来、一緒に育ってきた部門が搾取されたという思いでいっぱいになった。恋人が横取りされた心境だった。

もちろん、ビジネスなので、個人の思い入れで組織が形成されるものではないのは、頭の中では十分理解していた。上になればなるほど、専門性よりもマネジメント力が重視され、全社のマネージャーから最適な人材が配置転換される仕組みであることもわかっていた……つもりだった。

しかし、配置転換を決めるのは人間であり、完璧ではない。正直、その人事決裁をした人間が恨めしかった。それどころか横っ面を殴って、たたきのめしたい衝動にさえ駆られた。だが、会社の指示に従うのがサラリーマン。理不尽な扱いを我慢し、自分の腹に収める以外にどうにもしようがなかった。

「会社を辞めようか」という思いが何度も頭の中を巡った。転職をするか、中小企業診断士の資格を生かして独立するか、あるいは他部門への異動により現状から距離を置くか、副業をやって少しでも会社への依存度を低くするか……など現状を打破するための方策を考えられるだけ考えた。

まず、転職。五三歳という現在の年齢で転職ができるかどうか疑問だったが、転職サイトに登録することでストレスを発散した。転職できる選択肢をもっていると思うだけでも気分的に楽になった。

しかし、現実的に、今と同等の処遇で自分のやりたい職業を見つけることは難しかった。もちろん、プライドを捨てて、今の処遇以下で、給料も今より安い会社に行くことも考えたが、踏み切る勇気はなかった。

家族のこと、住宅ローンのこと、老後のこと、特に、重度の自閉症の長男の将来を考えると、一家の柱としてできるのはお金をできるだけたくさん残すことだ。素人考えかもしれないが、お金があれば、十分な介護を受けることができ、不自由なく生きていけると思うと、給料を下げるという選択は考えられなかった。

次に独立。二〇年以上前に取得した中小企業診断士の資格を活用できないか考えた。同期で合格してプロのコンサルタントとして活躍している友人にも何人か話を聞いてみた。なかなか厳しそうだ。二〇年以上もプロでやっている彼らでさえ休みなく働いているのに、資格を持っているとはいえ、三〇年以上ものサラリーマン生活が染みついた人間にとっては、すぐに独立とはいかないことは容易に理解できた。

ここでもやはり家族を養う生活費のことを考えると二の足を踏んだ。同時に、中学生になった息子の介護も女房だけでは体力的に無理があり、男親としての介護の時間が必要になったことも大きな理由だ。友人のように休みなくクライアントの都合を最優先にした生活は、介護を犠牲にする可能性がある。もちろん、ある程度の実績と経験のあるコンサルタントになれば、時間の融通も利くのかもしれないが、こちらは一年生。自分の時間を犠牲にしてクライアントの信頼を得るには、かなりの年月が必要だ。

ただ、独立した彼らが組織に縛られず、やりがいをもって取り組んでいる姿はうらやましくもあったが、別のやり方を考える必要があると結論づけた。

最後に、他部門への異動。希望する異動先の責任者に、ダメ元で直接メールでコンタクトしてみた。以前、仕事のつながりがあったので、コンタクトしやすかった。

すると、ラッキーなことに、たまたま一名の欠員があり、その欠員補充人員として異動の可能性はあるとの返信があった。

人事異動とは不思議なもので、いくら本人に適性があり、強い希望があっても、異動先に欠員や増員計画がなければ成立しない。今回は、欠員があったので幸運だった。

異動の話は順調に進んだ。責任者からも、内々ではあるが、人事決裁の手続き中である情報を入手していた。搾取された部門から新たな部門へ行けると思うと気分爽快になった。

しかし、人事決裁の直前に待ったがかかった。昔一緒に仕事をしていた上司が、部門トップの専務として着任し、その人事に待ったをかけたのだ。

その専務からは直接「これから改革をやるので協力してくれ」と懇親会の席で何度もお願いされた。昔一緒に働いたときに私のことを評価してくれていたのだと思うと嬉しくなった。同時に、新しい部門への異動の話はなくなったが、これで、出世の道が再び開けたと確信した。

その日を境に、バックには専務がいるという思いが自信になり、左遷されたことはすっかり忘れ、さらに仕事にのめりこんだ。

しかし、専務が着任してから打ち出した改革プランの組織の中に私の名前はなかった。専務とはいえ、現組織の体制の中で、私を別格扱いすることは難しく、部下の考えを尊重する人間味のある人なだけに、専務の心情はよく理解できた。

着任時の懇親会で私に直接「協力してくれ」と言った言葉は何だったのか……。納得はできなかったが、いずれ別の形で活躍の場が与えられるものと勝手に考えていた。

翌年、改革プランに基づく新組織が発表された。何人もの人間が昇進し、新しいポストに就いた。しかし、私の立場は変わらなかった。

出世というのは、課長までは実力で、それ以上は、上司との人間関係で決まると思っていた。人間関係ができていた専務のもとで出世できなかったので、もうこれで終わったかもしれないと途方に暮れた。追い打ちをかけるかのように、他部門への異動については別の人が決まったとの情報が入った。これでもう打つ手はすべてなくなった。

強い絶望感と脱力感さえ感じた。

こういったストレスを抱えているときに、重度の自閉症である長男が夜中に暴れるようになって睡眠不足が続いた（今思えば、長男も父親がおかしいことに気づいて暴れていたような気がする。今では、夜中に当時ほど暴れることはなくなっている）。

過度のストレスに加えて睡眠不足が数日間続いた。若いときは、徹夜が続いてもすぐに回復したのであまり気に留めていなかったが、本人の意思とは関係なしに、いつの間にかうつ状態になっていた。

「上昇停止症候群」

プロローグで書いたが、それでも会社へは這って出勤していた。通勤途上で漠然とした強い不安感が胸に湧き上がってきて、その場所にいてもたってもいられなくなり、そのたびに途中下車してはまた乗って、会社にたどり着いていた。

会社へ着くと仕事があるので、何とか意識を業務に集中させ、勤務時間内は働くことができた。また、昼休みは弁当を食べると、すぐに椅子にもたれるようにして時間いっぱいまで昼寝をした。もちろん、残業はとてもできる状態ではないので、極力、定時に帰宅するようにした。今まで遅くまでいた人間が、急に定時に帰るようになったのだから周囲は不思議に思っていたと思う。

夜は、なかなか寝付けず、寝たと思っても必ず早朝三時から四時に目が覚めた。睡眠不足とともに、疲れがたまっていくだけだった。肩こりや、背中の痛みがとれず、今まで月一回程度だったマッサージにも毎週通った。金銭的には大きな出費だったが、行かないと疲労で何も手に付かなかった。

マッサージを受けているときはリラックスできた。しかも、整体師は一〇年以上の付き合いがあり、気心も知れているのだからなおさらだ。毎週来るので、何かあったのかと彼からも心配されたが、こちらも理由がわからないので、明快な返事をすることができなかった。

それでも疲労はなかなかとれず、体調不良の日々が続いた。たびたび「風邪」だと言って会社を休み疲労回復を図っていた。

最初は、体のどこかが悪いと思って、内科で診察してもらった。寝付けないことや疲れがとれないことを相談し、血液検査を受けたが、まったく問題はなかった。熱があるわけでも咳がでるわけでもない。「内科としてはどこも悪いところはない」と言われた。内科医は、精神安定剤を処方し、心療内科へ行くように勧めた。

これまでの状況で、自分でもうすうす、「もしかしたら、うつ病かもしれない」と思い始めていたが、まさか自分が心療内科へ行く状態になるとは夢にも思っていなかった。今思えば、考え違いだったのだが、うつ病とは精神的に弱い人がなるもので、仕事ができずに出世街道から外れた落伍者がかかる病気だと考えていたからだ。

家に帰ってから女房に診察結果の話をすると、すでに彼女は察していた。会社から帰っても元気がないし、土日は寝てばかりだし、おかしいと思っていたようだ。女房からも心療内科へ行くように強く勧められた。

しかし、心療内科へは行ったことがないし、どこの病院に行ってよいかわからなかった。しかも、すでに診察時間を過ぎていたので、問い合わせもできなかった。

そのときに、メンタルヘルス研修で教えてもらっていた「心の相談室」を思い出した。会社のホームページにも記載があり、二四時間受付しているという。相談室を利用することで、うつ病であることが会社にばれて、出世に影響するのではないかとふと頭をよぎった。すでに出世ができない状況であるにもかかわらず、不思議な心境ではあった。三〇年も〝会社人間〟だったのだから仕方がないかと理由を探す自分がいた。

しかし、他に選択肢は思い浮かばなかった。藁をもつかむ思いで、相談室に電話をしてみた。すでに、午後一〇時を過ぎていたが、応対してくれる人は常に感じが良く、安心して現在の体調を相談することができた。

翌日、精神科医（K医師）と面談することになった。この幸運な出会いが私の運命を変えようとは、このときは思っていなかった。

翌日早々に、電話で指定された会社の診察室に駆け込んだ。診察室は、一番奥にある。私は人目を避けるようにして約束の時間に訪問した。部下がうつ病で会社の診察室に通っていることは知っていたが、まさか自分が当事者になるとはまったく思っていなかった。当時は、うつ病になるのは精神的に弱い人だという偏見を持っていたため、診察室を訪れるのに後ろめたさがあった。また、精神科医による診察は初めてなので、どんな怖い先生が出てきて、どんな診察をするのかと恐ろしかった。名前を呼ばれるまでの時間が異常に長く感じられた。

いよいよ名前が呼ばれて、思い切って診察室に入った。内科などにあるベッドや血圧計などの医療器具はなく、白い壁に囲まれた殺風景な部屋。テーブルと椅子が面接できるように配置されており、そこに白衣を着て眼鏡をかけた男性が座っていた。人が良さそうなので少し安心した。多分、私よりかなり若いのではないかと推察をしながら、初めての精神科医による診察がはじまった。

最初に、「今回の件は会社や人事部へはいっさい報告しません」と伝えられた。本当かどうか疑ってみたところで、もう診察がはじまっているので意味がないし、そもそも出世とはすでに無関係になっているのだからと腹をくくった。そう思うと、うつ状態になった経緯を、洗いざらい話をすることができた。K精神科医も相槌を打ちながら、私の一方的な話を最後まで我慢強く聴いてくれた。一時間があっという間に過ぎた。人に悩みを話すと気が楽になることを実体験した。そのとき、的確なコミュニケーションをしてくれたK精神科医に対して、信頼でき、尊敬できる方であると感じた。

K精神科医からは、今まで聞いたことがなかった「上昇停止症候群」という言葉で説明を受けた。これは、昇進を目標として一生懸命働いてきた人が、これ以上の昇進を望めないことに気づいたときに発症するもので、特に挫折なく順風満帆に出世街道を走ってきたエリート社員や負けず嫌いのサラリーマンに多く見られるという。

たしかに、子どものころから負けず嫌いで、将棋に負けると悔しくて泣く子どもだった記憶がよみがえってきた。高校や大学受験でも他人と競争してきたし、社会人になってからも出世競争を何も疑うことなく、当たり前のこととしてとらえてきた。もちろん、競争に勝つために、嫌な上司にも仕え、問題があれば徹夜もし、休日出勤も出世のため、自分のため、そして家族のためと疑わずにここまでやってきたのだ。

他人と競争して勝つことに価値を見いだしていたため、負けが決定的になったときに縋《すが》るものがなくなり、うつ状態になったのだろう。当時は、仕事の中に人生があり、仕事がうまくいかないことは、人生がダメになったのと同じだと思い込んでいた。もちろん、仕事は人生の一部でしかないのだが、そんな当たり前のことに気づく心の余裕さえなかった。

診察の最後に、メンタルクリニックをいくつか紹介された。通勤の途中で寄れるクリニックをお願いすると、紹介状を書いてくれ、予約は自分でするように言われた。また、クリニックに行った後、もう一度診察に来るように言われ、診察室をあとにした。こうして、人生初めての精神科医による診察は終了した。

初めてのメンタルクリニック

人生で初めてのメンタルクリニックは、紹介状をもらってもさすがに行く気がしなかった。事前に会社の精神科医からの情報やホームページで調べていったが、精神病の人がたくさんいて、叫び声が聞こえたり、物々しい雰囲気なのかと想像していたからだ。しかし、行ってみると受付があり、待合室があり、三人ほどが静かに順番待ちをしていて、物々しさはまったくなく、予想外に内科や耳鼻科などと同じ普通の病院であり、ホッとひと安心した。

しかし一方では、「もし、会社の人に会ったらどう言い訳しようか」と頭の中で考えを巡らせていた。会社からの通勤圏内であるため、「メンタルから会社へ復帰した部下と会う確率が高いな」など、余計な心配をしながら受付に進んだ。

精神病になった劣等感を感じながら受付を行った。初めての人は、普通の病院と同じように問診票を記入してから、診察へと進むようだ。

予約時間をかなり過ぎたが、名前は呼ばれなかった。前に入った患者さんの診察時間に左右されるということが後々わかるのだが、当時は、「会社の人と会う前に早く診察をしてくれないか」とあせる気持ちでいっぱいだった。

予約の時間から三〇分近くたってようやく名前が呼ばれた。ドアをノックして中に入ると、そこはホテルのツインルームくらいの大きさの部屋だった。パソコンの前に六〇歳くらいの中肉中背の白衣を着た男性医師が座っていて、対面の椅子に座るように手で椅子を指した。

人生で初めてのメンタルクリニックでの診察がはじまった。すでに紹介状に今回のいきさつが書いてあったので、すぐに状況をつかんでくれた。ひととおり、いきさつを話し終わると、医師から「いろいろなことが重なって今回の状態にたまたまなったのでしょう、きっといいこともありますよ。薬も早いうちにやめられると思いますよ」と励まされた。

早々に一時間が過ぎていた。

薬を処方した旨と、次回一カ月後をめどに受付で予約するように言われ、診察が終了した。

丁寧にお辞儀をして診察室から出て、受付に向かった。受付で次回の予約と精算をしている間も、会社の人に会わないかと、まるで逃亡中の犯罪者のようにハラハラしていた。

ようやく無事にクリニックから出ることができた。人に話をしたおかげか、気分的にすっきりし、少し元気が出た気もした。

第二章

試行錯誤の日々

尊敬する人から学ぶ

一カ月に一度のペースでメンタルクリニックへ通った。待合室にいると会社の人と会うのではないかと相変わらずドキドキしながら待っていた。別に悪いことをしているわけではないが、「会社では管理職として偉そうなことを言っているくせに、実は精神的に弱いんだ」と思われることが嫌だった。負けず嫌いの性格がそう思わせたのだ。

受付の女性には負い目を感じた。「また精神的に弱いやつが来た」と思われていると思うと、まともに目を見て会話をすることができなかった。

診察が終わって会計が終わり、処方箋をもらって次回の予約が終了すると、今度は薬局だ。薬局では、薬を飲んで眠くなりませんか、具合はどうですかなど、いちいち症状を聞かれる。もっとも、立派な病人なのだから仕方がないのだが、質問に答えるのが苦痛で、薬局を出るまでひと苦労だった。

メンタルクリニックでの診察の後、二週間ほど時間をおいてK精神科医のカウンセリングも受けた。つまり、一カ月に二回ほど、二人の精神科医の診察を受けていたのだ。

これは、一人の精神科医から話を聞くだけではなく、セカンドオピニオンではないが、別の角度で話を聞くことができたので、非常に有効であったと思う。

診察を続けるうちに、ますますK精神科医を信頼し、尊敬するようになった。患者である私の意見をよく聴いてくれるばかりか、医者の立場という〝上から目線〟ではなく、同じ目線で考え、的確で、納得できるアドバイスをしてくれるからだ。クリニックのように患者がたくさん待っていて「早く終わらせないと迷惑がかかる」といった妙なプレッシャーもなかったので、安心して診察が受けられたのだと思う。

しかし、会社の診療所なので、会社の人と会う確率の低い朝一番の時間に予約をした。人目をはばかるように診察室に滑り込み、診察を受けた。診察室から出た後も、風邪か何かで病院へ来たようにふるまった。

信頼できるK精神科医に出会ったのは非常に幸運だったと今でも思っている。診察の中で、人生や会社のこと、そして出世についてなど、さまざまなテーマで話をすることができたからだ。今までの自分の考え方が、あまりにも会社や仕事中心であり、かつ依存していたと気づかせてもらった。そして、定年後という人生の後半戦にどう備えたらよいかを考える良いきっかけを与えてもらったと思う。

月二回、精神科医の診察を受けながら、何とか治したいとの思いからいろいろなことにチャレンジしてみた。尊敬できる先輩に相談したり、うつに関する本を読んだり、中年の生き方に関する本を読んだり……。アロマテラピーや認知行動療法を試し、自分自身のうつを治した精神科医の本を読み、インターネットのサイトＹｏｕＴｕｂｅで動画を繰り返し見た。運動をしたり、呼吸法や森林浴、笑いが良いと聞くと「笑い学会」にも入会したり、一般的にストレスに効くといわれていることはできる限り試してみた。次に、そんな試行錯誤の内容について紹介してみたい。

誰しも尊敬できる人がいるのではないか。物理的に距離が離れていてなかなか会って相談できない場合もあるが、私の場合は、六〇歳で引退したばかりの尊敬する元上司が、たまたま同じ鉄道沿線に住んでいた。

彼は、私の結婚式の主賓でもあり、地方の事業所時代には家族ぐるみで付き合った仲だ。人柄も良く、紳士で知的な雰囲気があり、女房からの信頼も厚かった。「元上司と会ってくるよ」と女房に話すと、私が精神的に落ち込んでいることを知っていたので、「会うのはいいことだね」と即座に言ってくれた。

彼と会ったのは、家の近くの中華料理屋だった。彼は、会社の人間関係も仕組みもよく理解しているので、精神科医とは違って話が早い。私を閑職に追い込んだ人のことも知っているし、会社の理不尽な部分もよく理解している。したがって、私の置かれた状況もすぐに理解してくれた。

紹興酒がきいてきたこともあって、さんざん会社の悪口を言い、なぜ自分を出世させなかったのか自論を展開していた。話は一緒にいた地方の事業所での思い出にも及んで盛り上がっていった。

とことんまで飲んだ後、尊敬する元上司から「状況はわかったけど、結局俺に何がしてほしいの？」と聞かれた。ちょうど紹興酒もなくなる頃合いだ。「しっかりしろ！と励ましてほしい」と即答した。元上司は苦笑いをしているだけだったが、親身になって話を聞いてくれただけで満足だった。聞いている方からしたら迷惑千万だろうが、そのときは他人のことを思いやる余裕はなかった。

その日は、洗いざらい愚痴を言って、心を裸にしたことで精神的に非常に楽になった。しかし、不満をぶつけただけで本質的な問題解決にはならなかった。

いくら自分のことを誰よりも理解してくれた人がいたとしても、今の状況を変えて、新たな目標や生きがいを見つけるのは自分自身なのだ。

当たり前のことだが、自分の人生は自分自身で切り開くしかない――。そんなことが自覚できないほど当時は気持ちが落ち込んでいて、誰かに縋《すが》りたい一心だった。

そして、他人に頼ることなく、自分自身でこの状況を乗り越えなければならないと考えたが、具体的にどうすればよいかまったくわからず、試行錯誤の日々が続いた。

中年で挫折した人から学ぶ

そんななか、私と同じように中年になってから左遷され、子会社へ転籍された後にライフネット生命というベンチャー企業を立ち上げた出口治明氏の書籍と出会った。

巻末に電子メールアドレスが記載されていたので、ダメ元で、所感と、私も同じように閑職へ追いやられた旨を連絡してみた。たいへん忙しく活躍されている方なので返信は来ないと思っていたが、メールを送信した翌日には返信が届いた。

「人間万事塞翁が馬」という一行が書かれていた。つまり、人生における幸不幸は予測しがたく、幸せが不幸に、不幸が幸せにいつ転じるかわからないのだから、安易に喜んだり悲しんだりするべきではないというたとえだ。

たしかに、一度つまずいたからといって、人生のすべてが不幸であると決まったわけではない。不幸の次に幸せがあるかもしれない。ゴルフでいうと、「上がってナンボ」。ボギーやダブルボギーをたたくこともあるが、バーディがくることもある。一八ホールを終わってみると実力どおりのスコアになっている。つまり、良いことも悪いこともあるが、悪いことを引きずらず、良いことに奢らず、淡々とベストを尽くすことでおのずと結果が出てくる。最悪なのが、悪い結果が次の悪い結果を生み出すことだ。たとえば、ダブルボギーの後に、次のホールでOBを出すことだ。

出口氏からのメールを読んで、今の自分はそうなっているとハッと気がついた。「そうだ、結果はどうなるかわからないが、自分ができることだけに集中し、一生懸命にやろう。それでダメなら仕方がない。やる前から諦めるのはやめよう」と、ある意味で開き直ることができた。

メールが返信されてきたというだけで嬉しかったのに、返信の内容も当時の私にはまさに力を与えてくれる一行であった。どんな長い激励の文章より心の中に刺さった。

以来、出口氏のファンとなり、少しではあるが、応援の意味を込めてライフネット生命の株を購入し、ライフネット生命のイベントがあるたびに案内のメールをいただくようになった。

出口氏はその後、次々と書籍を発行された。たいへん忙しい方なのに、本を書く時間まで作っているのかと感心しつつ、発行の都度、書籍を必ず購入して読んだ。

メールでいただいた言葉のように、彼の書籍の中にも、私の心に刺さる文章を見つけた。それは、「今が一番若い」という言葉であった。

過去を振り返っても変えられない、やりたいと思ったことは今からやれ！ということだ。自分に与えられた武器は、自分しかない。他人をうらやましがっても、他人が自分の人生を生きるわけではない。与えられた自分という武器を磨く以外に方法がないということだ。頭の中で何度も繰り返して自分に言い聞かせた。

武器を磨くために、まずは肉体を鍛えるべくジムに通い、筋トレとランニングマシーンの有酸素運動をすることにした。ただし、疲れているときは無理をしないことに決め、筋トレの回数やウエイトを何キロ増やすといった目標はいっさい持たず、少しずつでいいので、続けることを目標にした。

ジムでの運動が終わって、シャワーを浴びると、たまらない爽快感を感じた。落ち込んだ気持ちが湧き上がってこないように、その爽快感がいつでも、いつまでも続くようにと自分自身に言い聞かせた。

それ以外にもアロマテラピーや森林浴、入浴中にゆっくりとふくらはぎを揉むこと、ストレッチや呼吸法など、体に良いと思ったことは、ストイックになりすぎず、気軽に試してみるようになった。

また、肉体ではなく、頭を鍛えるために本を読んだり、セミナーに参加したりと、少しずつでよいので、武器を磨くことを心がけるように変化していった。

もう一人、私に大きな影響を与えてくれた人物がいる。やはり中年のときにうつ病になり、その後復調した楠木新という人だ。

彼は、課長職への昇進も、支社長就任も同期トップ。順風満帆な人生を歩んでいたが、働く意味を見失い、抑うつ状態になったという。現在は、真の「生きる意味」「働く意味」を見つけることをライフワークとし、「心の定年」という新たな言葉を創り出し、評論家として活躍されている。

特に、全国紙の日曜版に連載された彼のインタビュー記事は、定年後にイキイキと過ごしている人を取材した内容で、これから定年を迎える私にとって大きな関心事であった。事情はそれぞれだが、脱サラをして蕎麦打ち職人や提灯職人、お笑い芸人などに転身した人々を紹介している。自分の第二の人生を具体的に考える大きなヒントになった。

もっとも痛快だったのは、会社の役職と定年後の人生は無関係であるという文章を見つけたときだった。つまり、会社で出世した人が必ずしも定年後にイキイキするとは限らない。出世をしなくとも、心がけ次第でイキイキできるからだ。要は、いくつになっても人生リベンジが可能なのだ。取材を通じて検証をしているから説得力がある。

私もぜひ定年後はイキイキしたいと思った。そのためには、このうつ状態から脱出することが先決だ。彼がうつ病からどのように立ち直ったのかが知りたかった。

先に紹介した出口氏同様、彼の記事の最後に電子メールアドレスが記載されていたので、メールで質問をしてみた。丁寧な返信があったが、メールでは十分に説明ができないからと、彼の著書『会社が嫌いになっても大丈夫』（日経ビジネス文庫）を読むように勧められた。その本をきっかけに、彼の処女作から最新作までほぼすべての本を読ませてもらった。

そのなかでわかったことは、自分でもできる、やりたいと思ったことを実行することの大切さだ。つまり、イキイキと働いている人たちへのインタビューは、楠木氏自身がやってみたい、自分でもできると思って行動した結果なのだ。

インタビューという行動を通じて、真の「生きる意味」「働く意味」を自分自身に問いかけ、自分なりの考えを見いだすプロセスを通じて、うつ病から脱出し、彼自身をイキイキさせるきっかけをつかんだのだと思う。

もうひとつ勉強になったのは、「面白い」を行動基準にしたことだ。インタビューをすることは、時間と労力がかかる一方、決してお金になるわけではない。しかし、会社を退職後、イキイキしている人との出会いが面白いと感じたことが、インタビューを継続する原動力となり、やりがいや生きがいを見いだしたのだと思う。

そして、もっとも大きな意味があったことは、同じように「生きる意味」「働く意味」に悩んでいるサラリーマンや定年退職してやりがいを見つけられない人に、イキイキしている人の事例を提供することで、人の役に立てると発見したことだと思う。

彼も、私同様会社を辞めようか悩んだという。しかし、彼は会社に残ることを選択し、自分のライフワークを実践し続けた。会社を辞めるか辞めないかの二者択一だと袋小路に入るので、「会社にいながらもう一人の自分を演じたのだ」と述べている。つまり、会社人という側面だけでなく、個人としての軸を持つことが、心の安定につながるといえるのではないだろうか。

できること、やりたいことを実行し、面白いと思ったことに継続して取り組む。そして、人の役に立つ意義を発見することが、うつから脱出し、さらにイキイキとした人生を送るうえで参考になるモデルであると考える。

彼は、うつ病を克服しただけではなく、会社にいながら執筆活動を続け、一〇冊以上の本を出版している。今では『定年後——50歳からの生き方、終わり方』という書籍でベストセラー作家になり、取材を受ける立場になっている。

うつ治療の本から学ぶ

うつ状態から脱出するために、何かヒントはないかと専門書らしき本を何冊も読んだ。最初に出会い、感銘を受けたのが、山崎房一氏が書かれた『心が軽くなる本』だ。「みんな悩みを抱えながら生きている」「人間は暇になるとロクなことを考えない」「ストレスを跳ね返すことができるのは愉快で楽しい気分だけ」など、本を読んでそのとおりだなと思ったこと二六個をリストにして手帳に貼り付けた。

一、孤独を救う愛は、大きな愛ではなく、ことばと行動でつくられる小さな愛
二、一方通行の愛や奉仕の精神に満足すれば、心は青空のように晴れる
三、「気分転換」チェックリストで、上手に気分転換を
四、「パジャマ（個人）」「普段着（家庭や友人）」「正装（社会）」を着分けるように、心構えにも三つの世界がある
五、人間は暇になるとロクなことを考えない

六、ストレスは、受動的な生活や意識に忍び寄ってくる
七、心という瓶にどんなエキスを詰めるかが問題
八、みんな悩みを抱えながら生きている（覚悟が必要）
九、ストレスを跳ね返すことができるのは、愉快で楽しい気分だけ。人間の心は、理屈ではなく感情によって動かされる
一〇、心と意識は別々の働きをする
一一、ストレスの構造は、無意識（本能や感情によって支配される＝心）が意識の領域（文字や観念に支配される）に抑え込まれている状態
一二、理屈では割り切れない憎悪や軽蔑、不当な扱いに対する怒りなどを洗いざらいぶちまけることで感情の浄化ができる
一三、弱気になったり気持ちが落ち込んだら、何かに腹を立てること
一四、心と意識の両翼は、本音の言葉によってバランスがとれる
一五、正しいことと世の中を動かしているパワーは別もの
一六、自分にも他人にもタテマエのきれいごとを望んではならない
一七、心の中で何を考えようが無罪

一八、ホンネで生きると、心の中は生の情報にあふれ、言葉や行動がはきはきしていてよどみがない
一九、図々しい善人になりなさい
二〇、あるがままの状態の心が最強である
二一、自分や自分の心のなかのまぼろしを眺めていると、過剰集中性の錯覚にとりこまれ、何が何だかわからなくなってしまう
二二、心は外にひらくとき強くなる。自分を忘れる／集中する
二三、心のタフネスは心を鍛え上げることではなく、気分転換という心の柔軟性によってもたらすことができる
二四、極上の宝物のように自分の心を大事にする
二五、自己否定をせずに責任はどこかへ転嫁しよう
二六、「今のままの自分でいい」と思うこと

このリストを通勤電車の中で復唱することで、心が軽くなっていく自分を感じた。

特に、「一五、正しいことと世の中を動かしているパワーは別もの」という言葉は、出世街道から外され、閑職に追い込まれた私のやるせない心境を見事に打ち砕いてくれた。

会社を現実に動かしていることと、正しいことは違う、つまり、会社の決定事項が常に正しいことではないと解釈した。もっとも、個人の昇進を決めているのは会社でひと握りの人間であり、その人間の好き嫌いで決まるのであるから、世の中にたとえるのは少し大げさな気もしたが、心が救われた。

山崎氏の本は、それから何冊か読んで、同じようにリスト化して手帳に貼り付け、ことあるごとに確認するようにした。今でも手帳に貼り付け大事にしている。

精神科医で、「モタさん」の愛称で呼ばれている斎藤茂太氏の本にもたいへんお世話になった。彼の本を読むたびに心が軽くなっていった。続けて購入し、むさぼるように読んだ。「うつ」にならない考え方や発想法など具体的な事例を挙げ、精神科医という専門的な立場からやさしく教えてくれる内容だった。

イギリス元首相チャーチルやトルストイ、ヘミングウェイ、日本では夏目漱石や芥川龍之介など、洋の東西を問わずうつ病になった作家が多いというのもモタさんの本で知った。

モタさんはさらに、「文豪の筆をもってしても、うつ病そのものの苦しさに肉薄する言葉を綴ることができなかった」とも述べている。この事実を知って、ふっと力が抜けたことを覚えている。過去の文豪たちでもうつになったのだから、まして私のような何の才能もない、ごく普通の人間がうつ状態に陥っても、何も恥ずかしがることはないのだと思うことで、心が救われた。

四人に一人は一生のうち何らかの精神疾患を経験するという知識はあり、なにも自分だけが特殊ではないと考えていたが、このような文豪たちも同じ苦しみを持っていたことを知ることは心の支えにもなった。

認知療法についても学んだ。大野裕氏の本や彼が発行しているアプリも使ってみた。「自分の『こころの癖』を知る」「気分と行動の悪循環から抜け出す」「呼吸法、睡眠法で身体をリラックスさせる」などの方法は、非常に参考になった。

大野氏は、認知療法を習得するための自習帳も出版しており、わかりやすく解説されている。私は訪ねたことはないが、東京都小平市にある国立精神・神経医療研究センターのセンター長でもあるようだ。認知療法を本格的に学びたい方は訪ねてもよいかもしれない。

認知療法は、薬物による治療ではなく、何か困難にぶつかったときに、それに向き合い乗り越えていけるような心の力を育てる方法であり、今もっとも注目されている精神療法（カウンセリング）のひとつであると、大野氏の著書では解説されている。

薬を使わない精神療法といえば、自分自身のうつを治した、薬を使わない精神科医である宮島賢也氏が取り組んでいるメンタルセラピーと自律神経免疫療法もある。

本も出版されているし、インターネットの動画サイトＹｏｕＴｕｂｅでも宮島氏の講演を無料配信している。私も書籍を何冊か購入し、ＹｏｕＴｕｂｅも繰り返し見て参考にさせてもらった。薬を使わないで治療できる方法があると知り、大いに励まされた。実際にメンタルセラピーを受けてみたわけではないが、興味のある方は試してみてもよいかもしれない。

中年の生き方の本から学ぶ

中年の生き方を学ぶために、まず、中年に関する本がどの程度出版されているかを調べてみた。

手軽な方法として、インターネットの通販サイトアマゾンの「本」カテゴリーで、キーワードを「四〇代」「五〇代」と入力して検索すると、検索結果が何件と表示されるので、その数字がひとつの目安となると考えた。

二〇一七年に検索してみた際、もっとも多かった件数は、「五〇代」で検索したものだった。しかも他の年代と比べると桁が一つ違うほど多い。「四〇代」と比べると約八倍、「六〇代」と比べると、なんと三四倍近くになった。検索の時期によって異なると思うが、五〇代を対象にした本がたくさん出版されているとわかって興味深かった。

総務省統計局から出されている年代別の人口から見ても、五〇代がとび抜けて多いわけではないので、それだけ世間では、関心が高い世代なのだと思う。

私は、たくさんある「五〇代」の書籍の中から一〇冊ほど読んでみた。五〇代というのは人生の分岐点である、人生の後半戦をどうするか、定年を控えてどのようにすべきか、生き方を変えなさい……などといった内容が多かった。

「上昇停止症候群」になった私は、人生の分岐点にあり、出世志向や会社依存という価値観から別の価値観に軸足を移す必要があった。そんななか、これらの本はまさに、生き方を変える、考え方を変えるという視点においても、治療にも、たいへん役に立った。

本書は定年後を論じる本ではないので、詳しく考察をすることは避けるべきと思うが、いくつか治療という観点から参考になったことを書いてみたい。

『50代からの選択――ビジネスマンは人生の後半にどう備えるべきか』という本は、コンサルティング会社マッキンゼーの元支社長として有名な大前研一氏の著書である。本を読む前は、彼のような人生の成功者に何がわかるのかと大いに疑問を持っていたが、読んでみると同じようなことに悩んでいることがわかり、繰り返して読むことになった。

彼自身の挫折体験として、東京都知事選挙で青島幸男氏に負けたことを挙げている。五二歳のとき、まさに中年である。この敗北以降、何かを成し遂げたいとか、もうちょっと仕事をしたいとか、評判を上げたいといった欲はいっさいなくなったという。彼の言葉で言えば、「成仏した」ということのようだ。「角の取れた、マイルドな大前研一になったが、こうなった自分と付き合っていくしかない」と記述している。以来、自分の楽しみを追求し、第二の人生に目を向けるようになったという。

普通の人と比べれば、世界的な有名コンサルティング会社の支社長にまで昇りつめ、グローバルに活躍して、東京都知事選挙にまで立候補したのだから大成功の人生だと思うが、本人にしてみれば、大きな挫折のあった人生だったようだ。

本書を読み進むと、置かれた状況はちがっていても、中年での挫折を乗り越えるヒントが満載である。

彼は、挫折を期に「成仏した」「挫折をオールクリアしろ」「こうなった自分と付き合っていかなければならない」といった心境になったそうだ。つまり、「挫折を終わったこととし、こうなった自分のままで生きていけ」「つべこべ言わずに、今の自分という素のままで生きろ！」ということだと私は解釈した。彼の言葉は、立ち直るためのヒントとして、今でも心の中に刻まれている。

「こうなった自分と付き合っていかなければならない」ということを別の言い方で表現している方がいる。佐藤伝氏。「ひとりビジネスと行動習慣の専門家」だ。

「いまここにいる私という人間を生きるしかないのだ」

このように、今のありのままの自分をそのまま受け入れて生きる人だけが、その人生を輝かせることができる。過去への思いや、未来に対する妄想を諦めたときにこそ、本当の「いま・ここ・わたし」を生きることができるという。

「あきらめる」とは仏教的に言うと「明らかに観る」ということらしい。単に、物事を諦めるという後ろ向きなことではなく、出来事を真正面から見て、すべてを受け入れる。そのうえで、出来事の抜本的な原因を明らかにして、対策を立て、実行する。この「実行する」までやることが大切だという。

そのような心境、つまり「あきらめる」ことで、等身大の自分を受け入れることが、次の目標に向かうための前提条件なのだ。しばらくは、「明らかに観る」つまり、「あきらめる」がマイブームであった。

ここで紹介した以外にも、五〇代からの出直し法だったり稼ぎ方であったり、参考になる本はたくさんある。書評を見て自分に合った本を探してみてはいかがだろうか。

第三章

精神科医の診察開始

K精神科医との出会い

これまで、自分自身で試行錯誤してきたことをありのままに述べてきた。ここからは、私が悩んでいることや迷っていることに対して、精神科医がどのように診察を行い、それを私がどう受け止めてきたかについて、時系列で再現する形で率直に書いてみたい。

「上昇停止症候群」と診断された後、二人の精神科医からひと月に一回ずつ交互に診察を受けた。メンタルクリニックの精神科医の診察結果をK精神科医に報告した上でカウンセリングを受ける形で治療が進められた。

自然とK精神科医が主治医のような形になった。これはK精神科医が信頼でき、尊敬できる人だと思って私がカウンセリングを受けた結果だと思う。

以降、K精神科医とのやりとりを中心に話を進めていきたい。

二回目の診察は、初回に洗いざらい話してしまったので、自分が何を相談しなければならないかを考えていく必要もあり、少し苦痛であった。

後で考えてみると、診察までの間に何を話そうかと考えることが治療に役立ったのではないかと思い当たった。つまり、自分なりにどのように改善に努めてきたかを話そうと考えていたからだ。

また、その過程で、自分自身では改善できないことを課題や疑問という形で整理し、K精神科医にぶつけて議論することが、治療に大いに役立ったと思う。

診察がはじまると、最初にメンタルクリニックでの診察の結果をごく簡単に報告した。第一章ですでに書いたように、今までの経緯の説明が中心だ。

その報告が終わると、初回の診察以降、自分自身で疑問に思っていたこと、考えたことをぶつけてみた。

私が、「会社での出世という生きがいがなくなったので、新たな生きがいを探していますが、なかなかうまくいきません」と率直に今の心境を述べると、「人それぞれに生きがいがあると思います。正解というものはないし、試行錯誤していくものではないでしょうか。それが、人生というものだと思います」と即座に返答が来た。

今までは、人生でもっとも重要かつ優先すべきなのは、出世という価値基準だと考えていた。その基準からすると、自分はダメな人間であると何度も自分自身を追い込んで、うつ状態になったのだ。

K精神科医からのアドバイスを受けて、これからは「自分ならではの価値基準」を探すべく試行錯誤をしていく必要性を感じた。今まで出世という基準でしか人生を見てこなかったのが、そもそも大きな間違いだったことに気がついたのだ。

私は、「試行錯誤の必要性はわかるのですが、具体的に何をしたらよいか難しいですね」とさらに尋ねた。

すると、「今できることの中で目標を見つけて、それを一つひとつクリアしていく、その回数を上げていく。そして、あまり先のことを考えず、当面の目標に集中することだと思います」とキッパリと言われた。言われてみると、たしかに、急に活発に行動するというのは難しそうだ。返す言葉がなかった。

また、発想の転換を図るアドバイスもいただいた。「座禅に行くとか、旅に出るなどして、日常から離れることも大切ですよ」。しかし、当時は体力も気力もなく、休日になると寝込んでいたので、頭では大切であるとわかっていても、実行に移すことはできなかった。

ただ、最後に「また、だべりに来てください」と気軽に言われたことで、また来ようという気にさせてもらったのはありがたかった。

一カ月後

処方された薬は、起床時と就寝前に毎日飲んでいた。少し眠気があるが、何とか仕事はこなしていた。

自分でも生産性が下がったと感じていたのだから、周囲はもっとよくわかっていたようだ。女性の部下からは「低空飛行が続いているようですね」と言われた。図星であった。今思うと、やはり女性は観察力が鋭く本質を突いてくるなと感心した。

次回の診察までの期間、前回の診察から何か変化したことを言わなければと思い、ずっと気になっていた「定年後のこと」をテーマに考えることにした。

何か参考になる本はないかと、インターネット検索で探していたところ、田中真澄氏の『人生、勝負は後半にあり！――あせる必要は何もない』（ＰＨＰ研究所）という本を見つけたので、さっそく購入し、読んでみた。

「人生後半がうまくいかないと、定年後になってから愚痴を言う人生になってしまう」と書いてあった。衝撃が走ったのを感じた。

「そうだ、このままだと愚痴を言い続けるだけの人生になってしまう。これだけは避けたい！」と本気で思った。具体的に何かに取り組みはじめたわけではない。しかし、このままだと「一生負け犬」になってしまう。「是が非でも、現状を変えないといけない！」と久しぶりに心の底から熱いものがこみ上げてきた。全身にやる気がみなぎる瞬間であった。

いつものように、人目を気にしながら一番奥の診察室に入った。本を読んで感じたことをK先生に話すと、非常によろこんでくれた。そして、今の立場を変えられない以上、現在の業務に生きがいを見いだしてはどうかとアドバイスしてくれた。そして、「一生懸命に取り組めること、あせらず、明るくできることからコツコツやってください」と激励された。

また、「五三歳という年齢で『会社軸から自分軸への変革』が必要であることに気づいたのはいいこと。決して早くないし、人生を見直すのにちょうどよい時期ではないでしょうか」とも言われた。

しかし、具体的にどうしたらよいか皆目見当がつかなかった。仕事人間で三〇年以上やってきたのだから無理もない話であった。

とにかく、定年後に愚痴を言い続ける人生だけは何としても避けたいという気持ちだけは確かなものであった。

二カ月後

「愚痴のない人生を送りたい」。そう思ってから一カ月が経過した。そう簡単に、新たな目標を見つけることはできなかった。薬も、起床時と就寝前に飲んでいた。一方で、ひとつ進歩したのは、週末には寝ているだけだったのが、趣味のランニングを再開することができたことだ。以前のようにタイムを計ってストイックに取り組むのではなく、ゆっくりとジョギング程度のものからはじめた。

ジョギングをはじめてから、少しずつではあるが体調が上向きになった。愚痴のない人生を送りたいと本気で思ったことが、大きな原動力だ。

しかし同時に、一番気になっていたのが、薬を飲み続けていること。風邪であれば、風邪が治ると薬を飲むのをやめるからだ。つまり、薬をやめられるということは、病気が治ったことを意味する。後々わかるのだが、診察と薬をやめられることが、この病気が完治したと医師が判断する条件なのである。

いつものように、会社の一番奥の部屋で、K精神科医のカウンセリングがはじまった。まず、体調が上向きになったことを報告した上で、薬をやめられないか相談した。徐々に減らしても問題ないことと、気付けとして服用する、薬をうまく活用するという意識に変えた方がよいというアドバイスを受けた。

また、今後の生き方、取り組み方についてもアドバイスを受けた。「ニューライフ」。会社の人間関係が徐々に変わっていく。先輩後輩の関係も、同僚の関係も、上司部下の関係も変わっていく。まして、定年になれば会社との人間関係はごく限られた範囲になっていくのだから、今までとは違うと認識をする必要がある、という趣旨だった。

同時に、定年になる前の今のうちにいろいろなアクションを起こすことは非常によいことだから、いろいろなことを試したほうがよいとも言われた。

行くところまで行って、その後かしずく部下がいなくなり、そのストレスからうつ病、さらには認知症を発症した人の話も聞いた。会社社長や役員に昇り詰めたが、定年になる前にいろいろなアクションを起こせず、ニューライフへの切り替えができなかったためにうまくいかなかった例を教えてくれたのだ。この例は、私の現在の立場を配慮してのものであることはよくわかった。出世して会社社長や役員になるよりも、定年後の準備をしっかり行う時間があること、そして、人生の後半戦で新たなやりがいや生きがいを見つけることの大切さを教えようとしているのだ。本当に、この先生と出会えてよかったと心底そう思った。

そして、「今回このような状況になったが、よいきっかけになった。今後に向けて準備しておく、備えておくことが後々役に立つ」と激励されて診察が終了した。

三カ月後

薬は、基本的に夜寝る前に一錠飲むこと、もやもやしたときに「気付け」として使用することで、うまく薬を活用するように心がけた。また、送別会など一次会までならば飲みに行くのも問題ない状態まで回復した。

しかし、以前のように自分から部下や同僚を誘って飲みに行こうという気持ちにまでは、まだなれなかった。

そんな状態だったが、少しは勉強しないといけないという思いから、以前購入して本棚に置いていた、大和ハウス工業株式会社の代表取締役会長である樋口武男氏の著書『熱湯経営――「大組織病」に勝つ』（文春新書）を読んでみた。

この著書の中で、成功する人と失敗する人の「十二カ条」を見つけた。たとえば、成功する人々は、つねに明確な目標を持つこと、自己訓練をやり続けられること、といった具合だ。これを読んだときに、何とも言えない違和感を感じた。

「人間なのだから、ときには、目標を見失って試行錯誤を重ねたり、疲れたら休息したりすることも必要なのではないか？」「成功する人の要件を追い求めると、人間どこかで壊れるのではないか？」「成功だけを求めていたら、結果として失敗したときには、私のように立ち直れないのではないか？」「成功する人の要件を追求できる人は、何か大切なものを忘れているのではないか？」と、次々に頭の中に疑問が湧いてきたのだ。

かつての私は、こういった名経営者といわれている人が書いたビジネス書の内容を無条件に自分の中に受け入れてきた。そして、その内容に心底納得しているわけではないときでさえ、ストイックに行動に移そうと努力してきた。つまり、名経営者の真似をすることで人生や仕事の迷いや疑問を封じ込め、そこに正解を見いだすことで、どこか安心を求めていたのかもしれない。さらには、いつかは自分も名経営者になれるという無謀な期待を抱いていたのだと思う。

そういった疑問や思いをK精神科医にぶつけてみた。今回は面談でのカウンセリングではなく、メールでやりとりを行った。何かあったときはメールでもいいので相談してください と言われていたからだ。

当時のメールをそのまま引用してみる。

K先生

最近、疑問に思い始めたのは、ビジネスで成功する要件は、人間として成功する要件とは違うのでは？ということです。

特に、ビジネス書で成功体験を読むたびに、「成功要件はもっともだが、同じことをやっても必ずしも成功はしない」「運がよかっただけでは？」「成功要件は、成功者の後出しじゃんけんでは？」などの思いが頭の中をよぎり、今まで大好きだったビジネス書が嫌悪感で、読めなくなりました。

多分ビジネスでいう成功とは、「出世」や「お金を稼ぐ」ことであり、人間としての「幸せ」ではないのではないでしょうか？　ときには、「失敗する人の十二カ条」も人間の心を癒す上では重要なことですし、失敗と成功を決めつけること自体、あまり意味がないような気がします。

今まで、ビジネスでの成功者＝人間としての成功者と思い込んできた私にとっては、考え方を根底から変える事件であり、しばし、本件をどのように整理したらよいか悩んでいます。

私にとっては、「失敗する人の十二カ条」が精神的にも救われる考え方であると勝手に感じています。これは、私のような精神疾患患者だけでなく、通常の人にとっても、必要な考え方ではないでしょうか？

つまり、オンとオフ。オンのときには、成功する考え方、オフのときにはそれとは別の考え方に切り替える。二重人格みたいなものが人間には必要なのではないかと思います。

以上、脈絡もなく長文となりましたが、アドバイスなどあればいただけると幸いです。

寺島はじめ

以下、『熱湯経営――「大組織病」に勝つ』（樋口武男著）より引用。

「成功する人の十二カ条」
一、人間的成長を求め続ける。

二、自信と誇りを持つ。
三、常に明確な目標を指向。
四、他人の幸福に役立ちたい。
五、良い自己訓練を習慣化。
六、失敗も成功につなげる。
七、今ここに一〇〇%全力投球。
八、自己投資を続ける。
九、何事も信じ行動する。
十、時間を有効に活用。
十一、できる方法を考える。
十二、可能性に挑戦しつづける。

「失敗する人の十二カ条」
一、現状に甘え逃げる。
二、愚痴っぽく言い訳ばかり。
三、目標が漠然としている。

四、自分が傷つくことは回避。
五、気まぐれで場当たり的。
六、失敗を恐れて何もしない。
七、どんどん先延ばしにする。
八、途中で投げ出す。
九、不信感で行動できず。
十、時間を主体的に創らない。
十一、できない理由が先に出る。
十二、不可能だ無理だと考える。

メールを送信したその日のうちに返信をもらった。

寺島はじめ様
お疲れ様です。体調もかなり回復され、本当に良かったです。
寺島さんのおっしゃっていること、私も同意見です（別に話を合わせているわけではないです、念のため）。

いわゆるビジネス書の「成功」とは、ご指摘のように、「出世」や「お金を稼ぐ」ことであり、人間としての「幸せ」とは別だと思います。

ビジネス書によくある、「成功する人はこんなやり方をしている！」みたいな類いは、おおげさだったり、教条的だったりすることもあり、私も苦手です。

基本、生きることはとてもたいへんで、辛い、理不尽な出来事ばかりです。失敗の連続です。

「生きることは恥をかくことだ」とどこかで読んだ覚えがあります。

「失敗する人の十二カ条」でいいじゃないですか。辛いときは逃げればいいし、先延ばしにするべきです。

一方で、オンのときは、「成功する人」に（心からそう思っているわけではないが）合わせることも、社会人としてしないといけないのも事実です。二重人格、というか、自分を偽らないといけない。

寺島さんのように、良識がある人は、そこで悩まれるのだと思います。難しいですね。

私のような若輩者が、偉そうなことを言って申し訳ありません。

Kより

精神科医は、診察の際に、精神疾患になった患者の意見を決して否定しないこともよくわかっている。しかし、K精神科医の意見はよく理解でき、共感できるものであった。このとき、成功の要件は仕事や人生において絶対基準であると疑わなかった、今までの自分の価値観が変わったことを心の中で感じた。

第四章

ぶり返し

体調悪化

今まで診察や試行錯誤の結果、順調に回復してきたが、ここにきてぶり返した。四カ月目のことであった。きっかけは、もう一人の後輩が昇進したことだ。彼は、先に昇進した後輩とは違って、新しい上司の「お友達人事」ではなく、仕事の実績と人柄から選抜されたことはよく理解できた。人事発表の直後、その後輩に、「おめでとう。先を越されちゃったね」と直接祝福をした。先輩としての精いっぱいのプライドであった。

しかし、心の中は祝福の気持ちではなく、「なぜ、俺ではないのだろうか」という疑問と悔しさでいっぱいになっていたというのが正直な気持ちだった。かつては指導をしてきた五年も入社が遅い後輩が、自分より上のポジションに行くという事実は、さすがに受け入れることができなかった。この日から、体調が悪化した。体調の悪化により、体力も低下したのか、すぐに風邪をひいて会社を数日間休んだ。

その後のメンタルクリニックでの診察でも「後輩が昇進した愚痴」に終始し、前向きな受け答えができなかったし、事実前向きな気持ちになることは無理だった。精神科医からは、「非常に残念ですね」と言われた。

今までメンタルクリニックに通っていて、医師の言うことは決まっていた。人間関係ではなく、目の前の仕事に集中しなさい、ということであった。そんなことは、頭ではわかっている。わかっていても仕事に打ち込めず、出世した後輩と自分を比べて落ち込んでいるのに……。

このとき、こちらの気持ちや状況を十分理解してもらえないと感じた。そして、同じことを一方的に繰り返すだけの診察に飽き飽きし、ストレスがたまっていった。もう、この人とは信頼関係が築けないと思った。

メンタルクリニックでの診察の後、一週間ほどしてからK精神科医のカウンセリングを受けたが、自分自身が前向きになれず、愚痴を言うことに終始して、ただ時間だけが過ぎていった。何の進展もなかったどころか、初診の状態に戻ってしまった。

その後、昇進した後輩と同時期に本社へ異動になった。異動時に過去の資料を整理していると、徹夜して作った資料や社長にプレゼンした資料など苦労した思い入れのある資料がたくさん出てきた。そして、追い打ちをかけるように、こんなにしてまで会社に尽くしてきたのに、なぜ誰もわかってくれないのかと落ち込んだ。ますます体調は悪くなり、風邪をこじらせて何日間か会社を休んだ。

本社へ異動となる最終日だけは、何とか出社し、風邪でガラガラ声になったまま、全員の前で転勤のあいさつを行った。本心では「こんな会社やめてやる！」とひとこと言って帰りたかったが、会社に残ると決めた以上、今後のことを考えると、そんな暴言を吐くことはできなかった。今までお世話になったお礼と新しい部署でがんばることと皆さんのご活躍を祈願するという趣旨の無難なあいさつを、力のない風邪声で言うのが精いっぱいだった。

翌週は、いよいよ本社へ出社となるはずだったが、風邪が治らず、初日から休んだ。そんな状況なので初日の歓迎会も出席することができなかった。風邪が良くなったらあらためて歓迎会をやってくれるかとも思ったが、本社からの異動者の送別会も兼ねていたため、歓迎会は開催されることなく本社での業務がはじまった。

これまで、二人の精神科医の診察を受けたり、自分なりに試行錯誤したりしてきて、今までの自分の価値観や人生観が変わり、うつ状態がそれなりに改善されてきたと思っていたが、そうではなかった。また、一からやり直しになった。

本社への異動

本社へ転勤になったのは、「上昇停止症候群」を発症してから五カ月後の一〇月であった。

本社では、例の専務の執務室から二〇メートルばかり南側の、窓際の位置に私の机が配置された。高層階なので、ベイブリッジや東京タワー、皇居などを望む見晴らしの良い場所であるが、私にとっては、すぐ近くの専務室は見たくない景色だった。近くにいるので当然、彼とはすれ違うことがあるが、お互いに口を一文字にして軽く会釈をする程度で、言葉を交わすことはなかった。いまだに、なぜこの異動を彼が承認したのかまったく理解できなかった。

本社へ異動となると、何も知らない人たちは「栄転」と祝福してくれた。本社へ行って出世してくださいと激励してくれた部下もいたが、苦笑いするしかなかった。現実には、九年も前にやっていた仕事に戻っただけで、その仕事を行う部署がたまたま本社に移っていただけのことだ。

仕事は、以前やっていたことなので、一から覚えるものは少なかった。かつて一緒に仕事をしていた仲間も数名いたので、すぐになじむことができた。新しい上司は昨年他部門から移ってきたばかりで、私の方が経験や知識が豊富である。年下のせいか、敬語で話すなど気を遣ってくれるのはありがたく、紳士的な対応をしてくれるので人間関係や仕事上のプレッシャーを感じることはまったくなかった。そこには出世した後輩もいないので、なおさら快適であった。

通勤時間も短くなり、電車の乗り換えも三回から二回に減ったので、多少楽になった。都心にあるので、その気になればリーズナブルで美味しいランチも食べられる。専務室が間近にあるのを除けば、良い職場環境にあった。

環境が変わると悪いこともあるようだが、今回は良い方向に向かっていったようだ。以前より心と時間に余裕ができた。少しずつではあるが、私の過去の経験や知識が生かせる仕事をすることで、やりがいも出てきた。そんななか、体調も少しずつではあるが良くなっていった。

薬はまだ飲んでいたが、一錠ではなく、半錠に量を減らしてみた。K精神科医へのメールでも「現在の目標は、時間中はしっかりプロとして業務をさばき、七時前には帰宅し、家族と夕食を共にし、早めに就寝することです。また、週末は、体力回復のためランニングを行うことに取り組んでいます。そして、まず体力回復を優先するなかで、ニューライフについてもゆっくり、真剣に考えようと思っています」と前向きな報告をしていた。

悶々とした状態

本社へ転勤になり、良い職場環境になったのですっかり回復するだろうと思っていたが、うまくいかない。体調には波があり、薬も寝る前に半錠、気付けとしてたまに半錠を飲んでいたのが、寝つきが悪く就寝前は一錠飲むようになってしまった。特に、これといった理由も見つからなかった。

K精神科医へ宛てたメールには、そのときの心境を「将来の希望がなかなか持てないなかで、何とか『生きがい』を探しているのですが、なかなかどうして、見つけることができません。女房からは、たまには趣味のゴルフや温泉に行ってきたらとも言われますが、息子の介護を女房にまかせっきりにして自分だけが遊んでいるという罪悪感があり、どうも気が進みません」と書いている。

今の仕事や職場には満足しているが、会社での出世はこれ以上見込めないなかで、会社軸から自分軸へシフトしたはずだった。しかしはたして、その自分軸とは何なのか、出世に変わる「生きがい」とは何なのか。根本的な問題を解決できない自分がもどかしく、許せなかった。

大きな悩みは「生きがい探し」だけではなかった。重度の自閉症の息子の将来のこと。親がいれば面倒をみてあげられるが、「自分が死んだ後」のことを考えると、胸が締め付けられ、いてもたってもいられない心境になった。

息子の将来について女房と話をすると、即座に「パパは真面目すぎるんだよ。すべてを自分で受け止めて、何とか乗り越えようとしている。でも、解決できない問題なんか世の中にはたくさんある。自閉症は生まれつきのものなんだし、どうあがいてもなんともならないんだから、考えてもしょうがない！」と喝破されて何も言い返せなかった。しかも彼女は、親が亡くなった後の障がい児や親族のいない独り暮らしの老人などの後見人になれば、息子にもなにか役に立つことがあるとの考えや思いから、前年、行政書士の資格を取得している。さらには、司法書士の資格を取得する目標を立てて、勉強をしているのだ。

悩んでばかりいる親父とは違って、将来を悲観するのではなく、自分なりの目標をもって少しずつでも前進しようとしている。その行動力と考え方に脱帽した。何とかしなければという思いだけが心の中に残った。新たな目標を見つけることの必要性や重要性はわかっているが、具体的な目標が設定できずに、そのことばかり考えて悶々としていたのだ。その結果、自信喪失状態になっていたのだった。

K精神科医からは、「生きがいは、探そう探そうとすると、それこそ袋小路に迷い込んで身動きが取れなくなってしまう。無理して探さなくてもいいのではないか」と言われた。たしかに、「生きがい」とは何かと自分に詰問するのではなく、面白いと思ったり、楽しいと思ったり、やりたいと思ったり、好きだと思うことが「生きがい」につながるのであって、哲学的に「生きがいとは何か」に悩んでいる自分は、女房が言うように真面目すぎるのかもしれないと思った。

息子の話をしていくうちに、K精神科医は、前職で地方にある精神科病院で診療部長兼外来医長をしていて、重度の知的障がいの患者を何人も診てきたということが初めてわかった。今までこちらからの一方的な話が中心で、彼の経歴の話などしたことがなかったからだ。そして彼は「どんな生物の種からも、ある一定の割合で障がいをもって生まれる子孫があります。しかし、その『多様性』があることで種の存続が保たれるのだと何かの本で読んだ覚えがあります。障がいをもって生まれた子たちは、その『役割』を担って生まれてきたんだと思います」と、私を励ますかのようにはっきりとした口調で述べた。

この瞬間、今まで、このような経験を踏まえたうえで、私のおかれた状況や気持ちに十分配慮しながら診察してくれていたんだと思うと、頭が下がった。同時に、この先生をますます尊敬、信頼し、出会うことができて本当に良かったと心底思った。

悶々としている状態で具体的な目標や生きがいも見つけられずにいたが、女房との会話やK精神科医のカウンセリングにより、なにかふっきれるものを感じた。そして、新たな年が明けようとしていた。

初めての新年

「上昇停止症候群」と診断されてから初めての新年を迎えた。新年になると毎年、昨年の総括と、今年の目標設定をしている。

「昨年は、会社人生に悩みに悩んだ一年。自分なりに試行錯誤したが、そう簡単にはいかない。中長期的な視点が必要」と書き出している。次に、「コントロールできないことに悩まない。今の自分が一番若くて、最高！　それに磨きをかけることしかできない。会社への依存度を下げるために、行動する。会社はあくまで収入を得る一つの手段と思え」と続けていた。最後に、「悩み疲れた！　これ以上の答えはない!!　今が、一番若くて最高!!」と自分に言い聞かせるように締めくくっていた。
また、七つのカテゴリーごとに今年の目標を設定していた。

一、刃を研ぐ（自分自身を磨く）
（一）肉体……ジムに週二回通う、毎朝ストレッチを行う、マッサージに月一回通う、青汁やDHA／EPAを毎日飲む
（二）精神……「今が一番若くて最高！　今を磨くことしかできない！」と手帳に貼り付け、毎日確認する
（三）知性……良書を読む、定期購読している専門誌を読む、どんなセミナーでもよいから月に一回は社外の人の話を聞く
（四）社会・情緒……気心の知れた友人と会う
二、社会人として
（一）部下が功績表彰されるようサポートする
（二）鳥の目で、俯瞰的に業務に取り組む（酉年なので）
三、父親として
（一）家族と夕食を一緒に食べる（水・金は一七時に退社する）

（二）土曜日は、息子と一緒に遊ぶ
（三）学校のイベントに参加する
四、夫として
（一）息子の将来を妻と一緒に考える
（二）休日は、交代で息子の面倒をみる
（三）残業は極力やめて、コミュニケーションを図る
五、人生を楽しむ
（一）会社への依存度を下げて、未来に勇気と希望を！　自己評価を大切にする
（二）新たな趣味を見つける。ワクワクするもの。まずは、ジム再開から
六、子どもとして
（一）墓参りを行う
（二）今年は姉の家の新築祝いを行う
（三）義父、義母、伯母の誕生日にプレゼントをする
七、経済・蓄財
（一）投資力を鍛える
（二）ＦＸ（外国為替証拠金取引）に、資格試験と同じくらい一生懸命に取り組む

今までも、何度も繰り返し読んできた大好きな『7つの習慣――成功には原則があった！』（キングベアー出版）をベースに、自分なりの切り口とやり方で目標を設定してきた。ただし、今年の内容は、これまでと違う。仕事軸から家族軸・自分軸にその内容が大きく変わった。今まで試行錯誤した結果や、K精神科医の診察内容、女房との会話の内容がその根底にはある。

また、実行段階においても、かつてのようにストイックになりすぎずに、できないときはやらなくてよい、できるときにやればよいと柔軟に考えるようになっていた。

新たな年を迎え、新鮮な気持ちになり、目標も設定できた。そして、自然と「さあ、やるぞ！」と気合いを入れていた。

K精神科医へ発信した新年のあいさつのメールを見ると、かなり回復していて、前向きになっている様子がうかがえる。

メールの内容は次のとおりだ。

K先生

明けましておめでとうございます。

貴殿の益々のご活躍を祈願いたします。

さて、私事ですが今年は、「今が一番若い！　今が最高‼」をスローガンに、今の自分を磨くことを心がけたいと思います。

自宅の最寄り駅前にフィットネスクラブができたので、残業ゼロの日は通って、今の自分を少しでも磨くよう、少しずつではありますが、そういったことからはじめようと思います。

今年もよろしくお願いいたします。

寺島はじめ

すぐに返信のメールが届いた。

寺島はじめ様
明けましておめでとうございます。
こちらこそ今年もよろしくお願いいたします。
素敵なスローガンですね。
でも寺島さんは、実年齢よりも若々しいですよ。

また面談でお目にかかるのを楽しみにしております。

Kより

新年のあいさつをした後、一カ月くらいたって、K精神科医へ経過報告としてメールを発信した。

K先生

おはようございます。

先週末、メンタルクリニックへ行ってきましたので報告いたします。クリニックの先生からは、「通院はいいので、また状況を見て必要であれば来てください」との診察を受けました（したがって、通院は今回でいったん終了）。

以前、女房から、世の中には解決できない問題もあるのに、すべてを自分で受け止めて解決しようとするのは真面目すぎる、と言われました。この件については、先生から「人は誰でも、生きている間は悩みが尽きませんね。それらとなんとか折り合いをつけようとしますが、なかなかうまくいかないことも多いです。そういうときは、無理に飲み込まずに（受け入れずに）放っておく。うまく付き合っていくしかないし、それでいいのだと思います。奥さまのアドバイスは、まさに正鵠を射ていると思います」とアドバイスをもらいました。

それから、自分なりに考えてみました。

事実を「受け入れる」か「放っておく」かは自分が決める。ポジティブに受け入れられない事実があったとして、そのことでくよくよしても、今の自分は変わらないし、自分以上でも以下でもない。

であれば、受け入れられない事実は、悩まずに「放っておく」。その時間を、今が一番若い自分を少しでも磨き、自分を今より成長させる時間に費やしたほうがいいと思い始めました。そうすることで、あらたな道が開けるような気がします。

未来の自分に期待し、努力をする。そして、その過程を楽しむようにできれば最高です。

先生とは、二月に面談をお願いしていますが、その辺りの話を前向きにできればと思います。

また、副社長（新年に専務から副社長に昇進）と一年三カ月ぶりに話をすることができ、彼も非常に気にかけてくれていたようで、お互いの確執がなくなった話もしたいと思いますので、よろしくお願いいたします。

寺島はじめ

早々に、K精神科医より返信があった。

寺島はじめ様
おはようございます。

風邪やインフルエンザ、胃腸炎が流行しておりますが、寺島さんは特にお変わりないですか?

メンタルクリニックはいったん終診になったのですね。それだけよくなられたということです。よかったですね。

なんと! 副社長と雪解け?ですか?

次回二月の面談時に詳しく聞かせてください。

Kより

このメールをいただいた後に面談を受けた結果、K精神科医との面談も終了することになった。前年の六月に診察を受けてから七カ月間で精神科医の診察が終了になった。最後の診察の後、当時の気持ちを整理するために、K精神科医へ次のメールを発信している。

K先生

おはようございます。

昨日は、ありがとうございました。昨年六月にお世話になって以来、自分なりに記録をつけ、悩んだこと、相談したこと、先生から紹介いただいた本も含めて「うつ」に関する多くの書籍を読んだこと、そして「上昇停止症候群」を治すために試行錯誤してきたことやその結果を自分なりにまとめてみました。

一、多面的な考え方ができるようになった

（一）先生方との診察を通じて、自分の考えを客観視できた

（二）女房との会話が増え、家族との絆が深まった

（三）「上昇停止症候群」になったことで、いろいろな人の意見を素直に聞けるようになった（今までは、ロジカルな考えしか受け付けなかった）

二、考え方を変えられた
（一）会社中心（八〇％が会社）だった考え方を、自分、家族、趣味へ大きくシフトしたこと
（二）「人間として」生きることの重要性をあらためて認識したこと。人間は地位や肩書で決まるものではなく、一人ひとりに価値があり、上下関係はないこと。世の中で唯一である自分の存在に自信をもつこと
（三）将来を心配するのではなく、「今日」「今」に集中し、楽しむこと
三、ストレス発散方法を自分なりに見つけた
（一）今が一番若くて最高の自分を磨くために、ジムに通いはじめたこと
（二）だべり友達をみつけ、昼食や飲みに行き、愚痴を言って発散すること
（三）お風呂にゆっくり入って（ふくらはぎを揉むといいらしい）、お酒を飲みながら家族と一緒に夕食をとって一日を終わること
四、一日決算主義を心がけたこと
（一）一日の中で良いことや悪いことがあるが、良いことを反芻《はんすう》し、悪いことは忘れる
（二）自分の正直な気持ちをブログに書き、前向きな気持ちで一日を終えること

五、将来の自分に期待すること
これは、試行錯誤中ですが、第二の名刺を作り、会社以外の世界をつくること。
自分がやりたいと思っていたことに、少しずつ近づけるよう行動をすること。
そして、息子を介護できる時間を確保するためにも、ネットビジネスを中心としたフリーランスになること。

こちらの状況を一方的にご連絡する形となってしまいましたが、ご容赦いただけると幸いです。
今後も、時々メールで相談することもあると思いますが、引き続きよろしくお願いいたします。

寺島はじめ

すぐに次の返信があった。

寺島はじめ様
おはようございます。

二の（三）、「将来を心配するのではなく、『今日』『今』に集中し、楽しむこと」はとても良い考え方だと思います！

誠実で穏やかな印象の寺島さんですから、ファンも多いでしょうし、会社以外の世界でもきっとうまくいくと思います。

今後また何かあれば、いつでもご連絡ください。

微力ながらお役に立てればと存じます。

Kより

こんなメールを書くことができるようになったので、本人はこれで完治できると考えていたが、実はメンタルクリニックからもらっていた薬が余っており、寝る前には半錠飲む習慣が続いていた。飲まないと眠れないのではとの恐怖観念から、やめられなかったのだ。

つまり、まだ薬に頼っていたので完治とはいえない状態であった。次の章で、どのようにして薬をやめられたのか、その経緯について説明したい。

第五章

「上昇停止症候群」終了宣言

心のよりどころ

精神科医との面談が終了したが、実は、薬を飲まないと眠れないのではという不安な気持ちがあったので、寝る前の薬はしばらくやめられなかった。薬の在庫はまだあるので、それに甘える気持ちもあった。しかし同時に、いったいいつまで飲み続けることになるのだろうかという焦りや不安がどうしても消えなかった。気がかりを解消するために、K精神科医とはその後の進捗報告という名目で、メールでの相談を続けた。薬もやめていないし、相談メールも続けているので、そういう意味では、まだ完治したとはいえない状況だった。

診察を終了してから一カ月ほどたったときに、次のようなメールのやりとりをしている。

K先生

お世話になっております。

二月に面談を行ってから、一カ月ちょっとたちますが、今の心境を文章にしてみました。

時間があるときに、感想、アドバイスなどをいただけると幸いです。

「心のよりどころ」

若いときは、まだ経験していないことが多く、次の目標を立てやすかった。年齢を重ね、先が見えてくると目標を見失うことがある。

一時、世界的に有名な『7つの習慣』に感銘を受け、そのとおり実践することが数年続いた。要は、世界の成功者の習慣を纏《まと》めた原理原則を実践してきたのだ。

しかし、私は会社では成功しなかった。毎日毎日成功者の習慣を実践し、多くの時間を会社ですごし、土日も犠牲にしてきた。心のよりどころは、七つの習慣ではなく、出世をすることだった。

これから、何を心のよりどころにしたらよいのかわからなくなった。将来を託したい息子は、重度の自閉症で知的障がいがあり、そのゆく末が心配で不安で、いてもたってもいられなかった。

そして、「上昇停止症候群」になった。

周囲のおかげで、以前までのようなバリバリのビジネスマンではないが、ひと皮むけた生き方をするようになってきたと感じる。

だが、今を生きることに精いっぱいで、心のよりどころはまだ見えない。

今、言えるのは、家族を大切にし、一番若い今の自分を少しでも高める。無理せず、会社のペースに合わせるのではなく、自分のペースで人生を生きる。もしかしたら、「心のよりどころ」は、外部の評価や将来にあるのではなく、身近な家族や日々の生活の中にあるのかもしれないなどと感じるこの頃である。

寺島はじめ

寺島はじめ様
その後お変わりないでしょうか?

寺島さんのおっしゃるとおり、「心のよりどころ」とは、外部の評価や将来にあるのではなく、身近な家族や日々の生活の中にあるのだと私も思います。

今後や将来のことをいくら憂えても、不安は解消しませんよね。

今日一日を、こつこつ丁寧に生きることが大事だと思います。

Kより

K先生
早々の返信ありがとうございます。

その後、昨年に比べれば、各段に良くなった実感はありますが、目標を一週間、あるいは一日において試行錯誤の毎日です。

運動したり、愚痴を言ったり、いろいろ意識して取り組んでいるつもりですが、考え方の部分、特に、「他人と比べない」といった心境になることが難しく、大きな課題だと感じています。

また、相談させてください。

寺島はじめ

寺島はじめ様
そうなんですよね。
「他人と比べない、比べたところで幸せになれるわけでもない」のはわかっているんですが、実践するのがなかなか難しいんです。
また、メールでも、T診療所でもいいのでご相談ください。

Kより

会社への依存度を下げる

前回メールでK精神科医に相談してから二カ月、診断が終了してから三カ月ほどがたった。その頃、次のメールのやりとりを行った。

K先生

ご無沙汰しております。何度もメールを差し上げてたいへん申し訳ありません。

ここのところ、会社への依存度を下げて自分のライフワークを見つけるべく、頭の中を下図のように切り替えてきました。

現役の会社員を続けていて、それなりのお金をもら

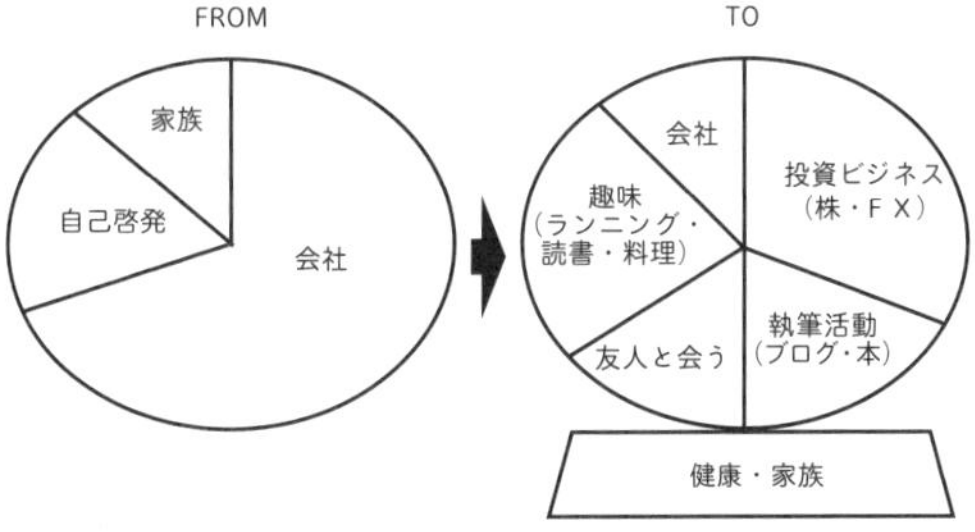

図　会社への依存度を下げる

いながらこういった考えを持つことに、会社に対しての背信行為かなどと考えたりもしています。

本音は、会社で燃えるように仕事をしてみたいのですが、そのような立場でもないし、期待されていないのもわかっています。

精神的には、どっちつかずの状態ですが、しばらくは、自分のやれること、やりたいことをやっていきたいと思います（会社へ迷惑のかからない範囲ですが）。

とりとめないメールで申し訳ありませんが、近況報告まで。

寺島はじめ

寺島はじめ様

ご無沙汰しています。

実は寺島さんのされていることは、まさに正しいことなのです。

定年を迎えた「仕事人間」が、あわててその後の人生の過ごし方を見つけるためにあたふたするパターンを多く見かけます。

ですので、大事なことは五〇代から、退職後も見据えた人生設計をあらかじめ準備しておくことなんです。

今後も微力ながらサポートさせていただきます。

Kより

K先生

早々の力強いアドバイスありがとうございます。先生から言われて、自信を持ちました。

なんとなく中途半端な感覚は否めませんが、トライアンドエラーをしていってみます。

また、今後もサポートいただけるとの温かいお言葉、ありがとうございます。

引き続きどうぞよろしくお願い申し上げます。

寺島はじめ

精神科医の診察が終了し、自分なりのやり方で回復を目指してきた。しかし、今の自分が取り組んでいることや考え方で良いのか不安で、疑心暗鬼になっていたのだと思う。そこで、今の自分のやっていることが間違っていないのか、確認をしたかったのだと思う。そもそも、自分の生き方を人に相談することは今まで一度もなかったが、信頼して尊敬できるK精神科医だから、率直に心を開いて相談できたのだと思う。

薬をやめる

診断が終了してから四カ月がたった。体調が、かなり上向きになってきた。そこで、以前から気がかりであった「薬をやめられないか」について相談をしてみた。

K先生

ご無沙汰しております。

体調は、ジムに週二回行くと疲れたり、飲み会に行くと一週間つらかったりと、体力がなかなか戻らず苦労していますが、今が一番若い自分を大切にしていきたいと思っています。

さて、質問は薬の件です。

現在、メンタルクリニックでいただいたエチゾラム0・5㎎錠を寝る前に半錠飲んでいます（あと一カ月分はあります）。

もう、やめてもいいかと悩んでいます。

昨晩ネットでみると依存症になると書いてあったので、昨晩はやめてみましたが、精神的な問題なのかよく眠れませんでした。

本件に関しアドバイスをお願いできると幸いです。

寺島はじめ

寺島はじめ様
おはようございます。

こちらこそご無沙汰しております。

寺島さんもお元気そうで何よりです。

さて、ご質問の件ですが、確かにエチゾラムのような抗不安薬や睡眠薬は、大部分がベンゾジアゼピン系と言われるジャンルのお薬で、ご指摘のとおり、長期連用は依存性や耐性が出現するため望ましくないとされてはいます（と言ってもかなりの年数飲んでいらっしゃる方も多いですが）。

中止の仕方はいくつかあります。
・まずは週末（金曜の夜と土曜の夜）だけやめてみる

・一日おき、などと服用する日を決めてしまう→大丈夫なら三日に一回とさらに減量
・どうしても眠れない日だけ服用する（不眠時頓用、という服用の仕方ですね）
などがありますが、まずはご自身で「実験」していただくしかないようです。
ご参考になりましたでしょうか？

Kより

これまでどおりの的確なアドバイスをもらい、早々に試すことになる。自分の中では、薬をやめるきっかけやけじめをつけることが、必要であると感じていた。

「うつ状態」が消えた瞬間

二人の精神科医による治療や面談を受け、自分なりの試行錯誤もしてきて、それなりに体調は回復してきたが、いまひとつスカッとしない。風邪ならば、熱が下がって、せきがなくなれば完治となるが、精神疾患の場合は、わかりづらい。
K精神科医からは、診察が終わって、薬もやめられると完治といってもよいと言われて

いた。

一般的に物事にけじめをつけて終了するために、「宣言」をすることがある。たとえば、一九四五年八月一五日に太平洋戦争の終結として昭和天皇がＮＨＫラジオにて肉声により戦争の終了を宣言している。また、その前月に日本に対して発せられたポツダム宣言は有名だろう。

もっとも、最近では、政治家が衆議院を解散し早期総選挙を「宣言する」ように、身近に行われているようだ。

ちなみに、宣言とは、「個人（団体）が、自分の意見・方針を世間に対して公式に発表すること。また、その言葉」と『新明解国語辞典第六版』にある。

私の場合は、自分自身に「上昇停止症候群」の終了を宣言したのだ。何か根拠があったわけではないが、今の状況から脱してけじめをつけたかったたし、新たなステップに進みたかった。また、病気に勝ったという「勝利宣言」をしてみたかった。

次に、当時行った終了宣言をそのまま記載してみる。

「上昇停止症候群」終了宣言

昨年初めからうつ状態に苦しんできた。五月連休前は、通勤電車の中で、どんよりした気分が続き、暑くもないのに汗がにじみ、流れてきた。何も考えられず、ただ、家族のため、重度の自閉症の息子のため、自分のプライドのためにがんばらなくてはという思い、そして、仕事を中途半端にしたくない、部下に迷惑をかけたくないという責任感など、いろいろな思いが交錯していた。そして、「会社へ行かなければならない」という使命感だけが、疲れ切った体を何とか動かしていた。

その後、二人の精神科医とのカウンセリング、うつや適応障害を治すための本を読み、改善策をいろいろ試してきた。また、ストレス解消のためにアロマテラピーや森林浴にもトライしてみた。ジムにも通って、肉体面からの治療にも取り組んだが、一進一退の状況は約一年間続いた。

「今が一番若い！」「今の自分を鍛え、高めるしかない！」「人間みなちょぼちょぼ（小田実）」「好きなことだけやれ！」「人生の優先順位を変えろ！」「ゼロクリアしろ！」「人生は短い」「楽しい人生を過ごすことが人生の目的」といった言葉が、苦しんできたなかで、自分の心に残った。

そして、心の中で今までの過去をゼロクリアし、今の自分を高めることだけに集中するようにした。好きなことにも挑戦するようにした。本を書いてみたいと思い、文章の学校にも通いはじめ、具体的に執筆も開始した。

文章の学校に行って感じたことは、自分が感じたこと、考えたことはなんでも言っていいんだ、というより、それが等身大の自分だし、それしか書くことができないということだ。

文章を書くことを通して感じたのは、「自分が面白いと思ったことを書く」「自分が苦労したことを表現できる」というのは面白いということ。そして、それが人の役に立てると思うと、なおさらやる気が出ることだ。

そうだ、俺は悪徳サラリーマン。昔から会社に対しては斜に構えていた。会社で給料をもらいながら、自分のやりたいことをやる！　体も鍛える！　美味しいものも食べる！　人生の主役は俺だ！

以上

心の底から、みなぎるものを感じたとき、「上昇停止症候群」が消えたのだった。

この宣言をしてからなぜか、薬を飲まなくても寝られるようになった。朝方起きることはあるが、それは加齢のせいと割り切った。

そして、その結果をK精神科医に次のように報告し、「宣言」を添付した。

K先生
薬をやめられないか相談していましたが、アドバイスのとおり、実験してみました。結果、約一カ月飲まずに済んでいます。飲まない習慣が身についたら、あっという間に一カ月がたっていた感じです。

実験を開始してから間もなく、添付のように、自分で自分に「上昇停止症候群」終了宣言を行ったことで、自分の中に病気は治ったという意識を植え付けたのがよかったかと勝手に思い込んでいます。

もう病気は完治したと思い込んでいますが、今後とも何かあれば相談させていただきたいと思いますのでよろしくお願いいたします。

寺島はじめ

早々に激励のメールが来た。

寺島はじめ様
エチゾラムやめることができて、おめでとうございます！
弊職としても、寺島さんがよくなられて、本当に嬉しいです。
また、何かあれば遠慮なくご連絡ください。

Kより

第六章
「仕事と人生」について

問題提起

「上昇停止症候群」終了宣言をし、その後、K精神科医からも完治したと診断された。初めて診察を受けてから一年が経過していた。

それまで、仕事は、自分の中で人生の大半を占めていて、当然のように最優先すべき事項であった。しかし、病気になり、診察や試行錯誤を経て完治した後、仕事に対する考え方、いわゆる仕事観が、以前とはまったく変わってしまった。

この章では、精神疾患を経験した立場から、仕事観や人生における仕事など、「仕事と人生」をテーマにして考えたことを率直に書いてみたい。非常に大きなテーマであるが、病気になる前と後の考え方を比較する視点と、数年で定年を迎えるビジネスマンという立場から、考えてみたい。

仕事とは自分にとってどのような意味があるのだろうか？　その定義と意味を検証してみる。

辞書で「仕事」と引くと「からだや頭を使って働く（しなければならない事をする）こと」（『新明解国語辞典』）とある。そして、「働く」とは、「からだ・頭を使って仕事をする」（『新明解国語辞典』）とあり、どうも仕事をするとは、働くことと言ってもよさそうだ。

では、われわれは何のために働くのだろうか？　生活していく手段のため？　美味しいものを食べて、大きな家に住むため？　人から尊敬されたいため？　自己実現のため？　社会とのかかわりを持ち、社会に貢献するため？　さまざまなことが頭に浮かんでくる。

そこで、働くという言葉の本来の意味を考えてみる。働くとは、「傍（はた）を楽にする」すなわち、他者の負担を軽くしてあげる、楽にしてあげるということのようだ。つまり、利己ではなく、利他、すなわち人の役に立つ、世の中の役に立つことと理解できる。

しかし、現実には、自分の生活をしていかなくてはいけないし、美味しいものも食べてみたいし、人から尊敬もされてみたい。つまり、人の役に立つ前に、われわれは自立をしていないといけないということだ。もちろん、自分や家族の生活のために一生懸命に働いている人もいるし、大きな買い物をするため、大きなプロジェクトを成功させるためなど、目標をもって働いている人もいるだろう。

かつてベストセラーとなった『上司が鬼とならねば部下は動かず――強い上司、強い部下を作る、31の黄金律』（プレジデント社）の著者である染谷和巳氏は、「仕事は人生の目的である。仕事観と人生観が一致している人生ほど楽しいものはない」と喝破する。

以前の私は、出世をするために仕事を人生の目的として懸命に働いてきた。昼夜、土日関係なく、上司の期待以上の成果を出すために働いた。そして、上司の左遷により、それまでの順風満帆だったサラリーマン人生が一変し、うつ状態になった。もちろん、中には、順調に出世する人たちもいる。しかし、その人たちの出世もごく一部の人を除いて、いつかは止まる。その理由は、私のように上司の左遷であったり、本人や家族の事故や病気、運悪く不祥事に巻き込まれたり、部下の失態の責任をとらされたり、さまざまなものがある。もちろん、ローレンス・J・ピーター氏による「ピーターの法則」、すなわち「人間は能力の限界まで出世する」に従い、能力相応の地位まで昇りつめる人もいるだろう。しかし、もはや私にとって「仕事は人生の目的」ではなくなってしまったのである。

また、染谷氏のように独立している人やフリーランスの人に比べ、サラリーマンであれば、自分では仕事を選べないし、嫌な仕事でもしないといけない可能性が高い。もちろん、意に反する転勤、異動や理不尽な左遷もある。そういうなかで、果たして、何割のサラリーマンが、「仕事は人生の目的」と考えられるだろうか。この問いについては、次節以降でもう一度考えてみようと思う。

「サラリーマンには定年がある」ことも、「仕事は人生の目的」といえない明快な理由の一つと考える。ロンドンビジネススクールの二人の教授が書いた『ＬＩＦＥ　ＳＨＩＦＴ（ライフ・シフト）――１００年時代の人生戦略』には、興味深いことが書かれている。かつての「みんなが足並みをそろえて教育、勤労、引退という三つのステージを生きた時代は終わった」という。人生一〇〇年時代になると、引退する六〇歳から四〇年の時間があるのだ。同書では、今までのような固定的な三ステージより多くのステージからなる「人生のマルチステージ化」を提案しており、具体的には、世界中を探索したり、起業したり、複数の仕事を組み合わせた活動をするステージなどを挙げている。

そういう状況になると、仕事は各ステージごとに意味合いや位置づけが変わってきて当然なのだ。引退後のステージでは、たとえばボランティア活動をしたり、社会貢献活動を仕事にしてみたり、会社生活での人脈やノウハウを生かし起業して生きがいを見いだしたり、シルバー人材派遣会社に登録し、社会との接点を持ちながら老後の資金を得たりすることもあろう。そういった仕事を通じて、働くことの意義や目的が自然と見えてくるのではないか。

次に、染谷氏が述べている後半部分、「仕事観と人生観が一致している人生ほど楽しいことはない」はどう捉えたらいいだろうか。これは、前提条件として「仕事が人生の目的」とするか、そうでないかで意見が分かれるように思う。前者は、「仕事イコール人生」を目指しているのだから、一致していれば楽しいに違いない。後者の場合は、仕事では厳しいが家庭に戻るとルーズな人、仕事ではうだつが上がらないが趣味やボランティアをやらせると生き生きしている人など、決して仕事観と人生観が一致していなくても、所属する場所や立場で使い分けることで、人生を楽しんでいるのではないだろうか。

では、社会一般にはどのような考え方が主流なのだろうか。実例を見ながら、さらに考察を続けてみる。

会社人生は必ず終わる

雑誌「致知」（二〇一八年一月号）では、「仕事と人生」を特集している。その中に、考えさせられる記事が一つあった。五〇歳でバリバリに働いているサラリーマンへのインタビューだった。苦労はあったと思うが、斬新なアイデアで事業を立て直したエリート社員の記事だ。

インタビューを受けた会社員は、仕事観について聞かれて、次のように答えている。

「今ワークライフバランスということが言われていますが、仕事を全うしてこそサラリーマンをしている意味があるし、それができる人がきっと会社も家庭も守れるんだと思います」。

仕事ができない人は、会社も家庭も守れないということだろうか。これを読んで思い出したのが、さだまさしさんの「関白宣言」（一九七九年）と「関白失脚」（一九九四年）だ。よく比較して確認してみたい。

お前を嫁にもらう前に言っておきたい事がある
かなりきびしい話もするが俺の本音を聞いておけ
俺より先に寝てはいけない
俺よりあとに起きてもいけない
めしは上手くつくれ、いつでもきれいでいろ
出来る範囲で構わないから
忘れてくれるな仕事も出来ない男に
家庭を守れるはずなどないってこと
（さだまさし作詞「関白宣言」より抜粋）

「関白宣言」の後半部分が、まさに前述のエリートサラリーマンが仕事観として述べたことなのだ。では、一五年後の「関白失脚」はどのように変化しているのだろうか。

お前を嫁にもらったけれど言うに言えないことだらけ
かなり淋しい話になるが俺の本音を聞いてくれ
俺より先に寝てもいいから夕飯ぐらい残しておいて
いつもポチと二人昨日のカレーチンして食べる
それじゃあんまりわびしいのよ
忘れてもいいけど仕事の出来ない俺だが
精一杯がんばってんだよ
俺なりにそれなりに
（中略）
そして今日も君たちの笑顔守る為に仕事という名の戦場へ往く
（中略）
君たちの幸せの為なら死んでもいいと誓ったんだよ

それだけは疑ってくれるな心は本当なんだよ
世の中思いどおりに生きられないけど
下手くそでも一生懸命俺は生きている
俺が死んだあといつの日か何かちょっと困ったときにでも
そっと思い出してくれたならきっと俺はとっても幸せだよ
がんばれがんばれがんばれみんな
（さだまさし作詞「関白失脚」より抜粋）

記事に登場したエリートサラリーマンはきっと、「関白宣言」を堂々と歌えるようなイケイケの人なんだろうなと思った。つまり、会社の中で高い地位まで昇り、会社の中核人材として活躍している、いわゆる「仕事ができる男」なのだろう。

実は、私も同じようにイケイケの時代があった。しかし、先に述べたように、直属の上司の左遷で五一歳のときに一転。「関白宣言」から「関白失脚」になり、うつ状態になった。

ちなみに、大企業であれば、役員になれるのは同期入社のうち千人に一人、すなわち〇・一パーセントともいわれている（雑誌「PRESIDENT」二〇一三年九月三〇日号）。この数字がいかに到達困難であるかは、国家試験の中で超難関といわれている弁理士試験、公認会計士試験の二〇一六年の合格率がそれぞれ七・〇％、一〇・八％（特許庁、公認会計士・監査審査会発表）であることを考えるとわかる。

したがって、多くの人が「関白失脚」になる可能性が高いのだと思う。

記事中のエリートサラリーマンは、運よく（失礼だが）出世街道をまっしぐらに進み、さらに上のポストにつくかもしれない。ただ、役員や社長になったとしても、K精神科医から聞いた話ではないが、行くところまで行って、かしずく人がいなくなってうつ病や認知症になる人もいたというから、何が人生にとって良いかはわからない。

一方で、前述したように、いわゆる人生一〇〇年時代が現実化する。そうなると、定年を六〇歳とすれば退職後の人生が四〇年近くもある。

かつては、会社人生をまっとうして、退職し、年金で隠居生活を送りこの世とおさらばすればよかった。

しかしこれからは、仕事一辺倒の生活から、人生の後半戦で生きていくためのスキルや価値観を構築できるような生活へ、早めにシフトする必要がある。

もちろん、四〇歳くらいまでは、苦労を買ってでもして、会社どっぷりの時期があってもよいが、四〇歳を過ぎるころからは、その生活を改める必要があると感じている。会社で活躍した、あるいは出世したという自慢話は、老後に自分の誇りにするのはよいが、それだけでは、残りの長い四〇年間を生きていけないからだ。

会社だけの世界観から人間としての世界観に移行し、「素の人間として」生きる覚悟をし、そのための準備を早めに、十分に行う必要があると考える。

そのために私は、うつ状態になった経験を生かして、会社にいながら起業し、ライフ・シフトを行おうと思っている。会社への依存度を下げて、会社の人事や評価を気にすることなく、やりたいこと、面白いことに取り組みたいと考えている。

われわれサラリーマンにとって、「会社人生は、必ず終わる」「人生の後半戦は長い」、そして「後半戦をイキイキすごすことで、充実し満足のいく人生を送れる」。このことを忘れてはならないと胆に銘じた。

町工場の娘たち

父親を突然亡くして会社を引き継いだ二人の女性社長のインタビュー記事を読む機会が

あった。
男性の視点ではなく、女性の視点からの、仕事に対する異なった考え方や生き方を学べると期待しながら早々に読んでみた。
お二人ともに、創業者である父親を突然亡くし、三二歳にして倒産の危機にあった会社を引き継ぎ、見事に再建を果たしたという。ダイヤ精機社長の諏訪貴子氏については、二〇一三年に出版した『町工場の娘』が原作となって、ＮＨＫの金曜夜一〇時の枠で「マチ工場のオンナ」というドラマが放映されたから、ご存じの方もいるかと思う。もう一人の方は、日本電鍍工業株式会社社長の伊藤麻美氏。
そんな、想像を絶するような苦労を重ねてきたお二人の話から、印象的な言葉を私なりに拾ってみた。
「私は何でこんなに不幸なんだろう、誰も私の気持ちをわかってくれない。そんなとき出会ったのが、シェイクスピアの言葉でした。『世の中に幸も不幸もない。ただ考え方次第でどうにでもなる』」（諏訪氏）
「私も生きるか死ぬか以外は悩みじゃないっていつも言っている。些細なことに囚われ一喜一憂していたら経営は出来ませんね」（伊藤氏）
この言葉からも、再建の苦労が尋常でないことが伝わってくる。

そんな二人に「何のために働くか」を聞いている。

「ワークライフバランス。バランスなんて取っていられないですね。そんなことをやっていたら仕事出来ないと思います。私は一度しかない人生を後悔しないために働いています」(諏訪氏)

「働く目的とは、自分が学んだことを社会に貢献するためであって、世の中の役に立つことが人間のあるべき姿だと。だから、ワークライフバランスという言葉が好きではない」(伊藤氏)

二人の経営者の仕事観、人生観の一部かもしれないが、短い言葉の中に、並みならぬ苦労を経験したゆえの重みと説得力を感じてしまう。オーナー経営者として、従業員やその後ろに控えている家族を養っていく立場にあると、ワークライフバランスなどと言っている場合ではないのであろう。

別の言い方をすれば、仕事そのものがライフであるから、バランスをとる必要がないのかもしれない。要するに、仕事とは人生そのものなのだ。

この記事を読んで、多くのことを考えさせられた。ひとつは、「働き方改革」とか、「ワークライフバランス」とか、常に労働者側の視点で仕事を捉えていたこと。もちろん、それらの施策は、労働者の生産性向上を図り、やりがいや視野を広げ、経営にも貢献することはわかっているが、企業を存続させ、従業員にも給与を払う経営者の立場からすると、生ぬるいのかもしれないと反省した。

一方、これらは経営者視点、特に中小企業経営者の仕事観であって、当然、私とは立場が違う。サラリーマン、派遣社員、アルバイト、フリーランスや自営業などといった立場でそれぞれの仕事観があってもよいと考える。

私の息子は障がい者であるが、関連して、従業員の七割強が障がい者である日本理化学工業株式会社の「もう一つの使命」を思い出す。

障がい者多数雇用を目指したのは、禅寺のお坊さんから「人間の究極の幸せは、一つは愛されること、二つ目はほめられること、三つ目は人の役に立つこと、四つ目は人に必要とされることの四つです。福祉施設で大事に面倒をみてもらうことが幸せではなく、働いて役に立つ会社こそが人間を幸せにするのです」と教わったからだという（大山泰弘『働く幸せ――仕事でいちばん大切なこと』ＷＡＶＥ出版）。

日本理化学工業では、働いて役に立つことが、自分の幸せにつながる。これが、仕事観であり、人生観なのだ。

私は、会社人生を終わろうとしており、人生の後半戦に突入する時期にある。そういった私にとっては、今の会社は人生ではない。生きるための手段であることは明確だ。現在、会社への依存度を下げ、起業することが目標であるが、人生の後半戦でも働き続け、少しでも社会や世の中の人に役に立てるような仕事を模索中である。

仕事の原点

うつ状態になって、立ち直った体験を、同じ悩みを持つ人たちと共有化し、少しでもそういった方々の役に立ちたいという思いから、本を出版したいと思っていた。表参道にあるシナリオ教室で勉強したり、渋谷のライター講座にも通い、文章を書く、出版をするとは何かを、二〇代、三〇代の方々と一緒に基本から学んだ。そして、まったくの素人ではあるが、思いだけで原稿を書き上げ、出版社に持ち込んでみた。

ネットで調べ、原稿を持ち込めそうな大手出版社も含めて、数社に相談してみた。いくつかの出版社は、「大きなマーケットがある」「売れる可能性がある」ので、「ぜひ共同出版してほしい。出版費用は販促含めて通常はこれだけかかるが、今回は特別に値引きします」というトークで話を進めてきた。

しかし、ラグーナ出版だけは、違っていた。「寺島さんの本は、人や自分を勇気づけようという内容なので、ラグーナの方針と合い、編集ではお役に立てると考えています」という回答だった。本を出版して、同じ悩みを持つ人たちの役に立ちたい、そんな私の思いと同じ方向を向いていると考え、他社には丁重にお断りをして、ラグーナ出版にお願いすることに決めた。

同社は、精神障がい者とともに、生きやすい社会作りを目指している会社だ。元・法政大学大学院教授の坂本光司氏が出している書籍『日本でいちばん大切にしたい会社』にも紹介されている、尊敬すべき、志の高い会社である。このことは、実は、出版をお願いしてから詳しく知ることになったのであるが、この出版社にお願いしてよかったとあらためて勇気とやる気をもらった。

そんななか、出版の打ち合わせも兼ねて、鹿児島にあるラグーナ出版を訪問させてもらった。到着するとたいへんな歓迎を受けて、従業員の皆さんの前で「あいさつ」をさせてもらい、皆さんから歓迎の拍手をいただいた。こちらが出版をお願いする立場であるのに、はるばる東京から時間をかけてやってきたというねぎらいの意味から、社長の川畑氏が気を遣ってくれたのだろう。会社そのものの温かさやアットホームな雰囲気を、その場にいるだけでひしひしと感じた。

その後、川畑氏から推敲のアドバイスを受けながら、会社の生い立ちや今までの取り組みなどを合わせて聞かせていただき、ますますラグーナ出版の大ファンになってしまった。

「私も、御社のように社会貢献をしたいですね」と思わず口に出したところ、すかさず、「今の本を出版することが社会貢献ですよ！」と言われた。「そうなんだ。本に書いたことを、同じ悩みを持つ人に知っていただき、少しでも勇気やヒントを与えられることが社会貢献なんだ」と確信し、やる気と誇りをいただいた瞬間だった。

今、私は、一流企業といわれる会社に勤務しているが、日々の業務において、直接社会貢献している実感を味わうことは少ない。ものづくりを通して、人々が必要とする商品を提供したり、社会のインフラを供給したりしていることはわかっている。ただ、手ごたえを感じられないし、誇りも遠い昔に置いてきたような気がしていた。しかし、今回の出版社訪問を通じて、社会に貢献するとはどういうことか、貢献する方法は何かを学ばせていただいた。

現在、私は「企業にいながら起業する」ことを目指しているが、社会に貢献するという思いや志がその大前提にあることを忘れずに、常に「仕事の原点」において誇りとやりがいをもっていたいと思う。

人生と仕事

「仕事と人生」について今まで考察してきたが、もしかしたらテーマが違うのではないかと考えるようになった。それは、「仕事と人生」ではなく、「人生と仕事」ではないかということだ。

雑誌「致知」（二〇一八年一月号）の対談の中で、ＪＦＥホールディングス特別顧問をされている數土文夫氏が言われていたのが、「仕事というのは、もともと生きていくために、食べていくためにやるもの」。続けて、「私の人生観は昔なら、誠心誠意働き続けること。仕事も人生も誠心誠意です」。

この記事を読んで、今まで、仕事と人生を同格で考えていたような気がしてきた。むしろ仕事を主体に人生とのかかわりを考えてきたんだとあらためて思った。

數土氏が言われているように、仕事は、あくまで食べていくための手段である。つまり、人生の多くの要素の中のひとつに仕事があるのだ。これが、テーマが違うと考えたゆえんだ。すなわち、人生の中に仕事があるのだから、「人生と仕事」がテーマになるべきだということだ。当然といえば当然であるが、仕事にのめり込んでいると、まるで仕事が人生そのもののように錯覚してしまうことがある。

私は、かつて仕事が人生と思い込んでいた時期があった。そして、仕事でうまくいかず、出世の道が閉ざされたとき、生きる目標と目的を失ってうつになった。そのとき気がついたのが、仕事を手段と割り切ること、また、仕事の多様性を図ることで会社への依存度を下げることの大切さだ。仕事の多様性とは、俗にいう副業だ。今の仕事以外のスキルを磨き、収入源を複数持つことで、今の仕事を客観視し、俯瞰できるようになる。そうすることによって、今まで絶対基準であった会社や上司の評価・価値観を、相対基準としてとらえることができ、考え方に幅を持たせることができた。

もっとも大切なことは、仕事を通じて社会貢献をしているという実感を持つことだと思う。社会に貢献しているという確信をいつも仕事の原点にすることが、やる気とやりがい、そして誇りにつながると考える。

誰もが永久欠番

「週刊ポスト」（二〇一七年一二月一五日号）に掲載された「『幸福老人』と『不幸老人』その『境界線』がわかった」という記事には、たいへん示唆に富んでおり、説得力と納得感のあることが書かれている。

一、世帯年収が五〇〇万までは、年収の増加により幸福度は上がるが、そこからは変わらない。さらに、一五〇〇万を超えると幸福度は下がる。つまり、物質的な満足度は一時的な快感。
二、過去の肩書よりも現在の存在感。
三、人の役に立っているという実感が幸福感を生む。
四、現役時代と同じような働き方はきつい。パートタイムでほどほど働くのがよい。
五、幸福の量より幸福の多様性。

サラリーマンとしての出世競争（ラットレース）が終わって、人生の後半戦を考えている私には、心に刺さるものがあった。

「お金を求めるだけではなく、人の役に立つ仕事を持つ。複数の仕事を持ち、それぞれに小さくとも幸福感をもてるように心がける。そして、仕事が主役でなく、自分が主役の人生を生きる。これが、私の後半戦の指針なんだ」ということがはっきり見えてきた。そして、今試行錯誤していることは、幸福につながる、間違いではないやり方であると、背中を押してもらったような気がした。

人生の後半戦では、ギラギラして自分のことだけを考え、他人と足を引っ張り合うのではなく、利他の心で、穏やかに自分の物語を書いていくことが幸福なのかもしれない。


「仕事と人生」について、今まで考えてきた。あまりにも大きなテーマであり、とても私ごときに結論を出せるとは思っていないが、うつ状態を体験した立場を踏まえ、考えてきたことを率直に書いてみた。「仕事が主役でなく、自分が主役の人生を生きる」、すなわち、仕事観も人生観も人それぞれ、主役である自分がそれを決めるということが、今の私の中での結論だ。

最後に、さだまさしさんの「主人公」と、中島みゆきさんの「永久欠番」の歌詞を引用させてもらい、だれもが自分の人生の中では主人公であり、永久欠番、つまり代わりになる人はいないことを確認して、この本の締めとしたい。

あなたは教えてくれた
小さな物語でも
自分の人生の中では
誰もがみな主人公
時折思い出の中で
あなたは支えてください
私の人生の中では
私が主人公だと
（さだまさし作詞「主人公」より抜粋）

どんな立場の人であろうと
いつかはこの世におさらばをする
たしかに順序にルールはあるけど

ルールには必ず反則もある
街は回ってゆく　人一人消えた日も
何も変わる様子もなく
忙しく忙しく先へと

一〇〇年前も一〇〇年後も
私がいないことでは同じ
同じことなのに
生きていたことが帳消しになるかと思えば淋しい
街は回ってゆく　人一人消えた日も
何も変わる様子もなく　忙しく忙しく先へと
かけがえのないものなどいないと風は吹く
愛した人の席がからっぽになった朝
もうだれも座らせないと
人は誓ったはず
でも　その思い出を知らぬ他人が平気で座ってしまうもの

どんな記念碑（メモリアル）も　雨風にけずられて崩れ
人は忘れられて　代わりなどいくらでもあるだろう
だれか思い出すだろうか
ここに生きてた私を

一〇〇億の人々が
忘れても　見捨てても
宇宙（そら）の掌の中
人は永久欠番
宇宙の掌の中
人は　永久欠番
（中島みゆき作詞「永久欠番」）

エピローグ

「上昇停止症候群」終了宣言をし、K精神科医からも完治したと診断された。診察を初めて受けてから、ちょうど一年が経過していた。それから三カ月後に、この本の執筆を開始している。

発症するまでは、「心は鍛えれば強くなる」と思っていた。修行僧が苦行を行うように、苦しいことを我慢して、耐えることで精神が鍛えられると思い、どんな仕事にも全力で取り組み、ときには徹夜もした。

しかし、間違いであった。心は見事に壊れてしまった。本書でも紹介した故・山崎房一氏も、心はいくら鍛えても強くならない、それどころかストレスに勝とうと気持ちを強く持てば持つほど、逆にもろくなると言われている。

これからは、生き方を変えたいと思う。できないことは先延ばしにする、ときには逃げ出す、愚痴や言い訳をする。失敗する人の考え方かもしれないが、心を壊すよりもよいと思う。

強い自分を装うことはせず、無理せず、あるがままに今の自分と付き合っていきたいと思う。

そして、「幸せはいつも自分の心が決める」と相田みつを氏が言っているように、外部に評価基準を求めるのではなく、自分基準を大切にしたいと思う。人生の主役は、自分自身であることを忘れずに。

人生の後半戦のため、会社を辞めずに、会社への依存度を下げる。つまり、会社の評価や人事は気にせず、与えられた業務は時間内に効率よくこなす。取り戻した自分の時間は、家族と過ごしたり、健康のために運動したり、次の仕事を見つけるために活用したい。

日本全体で「働き方改革」を推進していることは、こういった取り組みをする上では非常にありがたく、フォローの風が吹いていると感じている。

人生の一年生である寺島はじめは、今までの人生を振り返らず、ゼロクリアする。そして、名前のとおり、「はじめ」から人生を再スタートしていく。具体的には、自分が面白いと思うこと、やりたいと感じたことに基づいて行動し、自分のペースで成長して、イキイキとした人生を送れるよう自分に期待したい。

本書が少しでも、同じような状況で悩んでいる方、あるいはサラリーマン人生に疑問を抱いている方、定年をもうじき迎える方など、多くのビジネスマンのお役に立てればうれしく思います。

なお、本書に関する感想や問い合わせは、奥付ページに記載のメールアドレスまで連絡いただけると幸いです。

二〇一八年三月一八日

寺島はじめ

参考文献

大野裕『こころが晴れるノート――うつと不安の認知療法自習帳』創元社、二〇〇三年
大野裕『はじめての認知療法』講談社、二〇一一年
大前研一『やりたいことは全部やれ！』講談社、二〇〇五年
大前研一『50代からの選択――ビジネスマンは人生の後半にどう備えるべきか』集英社、二〇〇八年
大山泰弘『働く幸せ――仕事でいちばん大切なこと』WAVE出版、二〇〇九年
楠木新『会社が嫌いになっても大丈夫』日本経済新聞出版社、二〇一〇年
楠木新『「こころの定年」を乗り越えろ――40歳からの「複業」のススメ』朝日新聞出版、二〇一五年
楠木新『定年後――50歳からの生き方、終わり方』中央公論新社、二〇一七年
リンダ・グラットン他、池村千秋訳『LIFE SHIFT（ライフ・シフト）――100年時代の人生戦略』東洋経済新報社、二〇一六年
スティーブン・R・コヴィー他、川西茂訳『七つの習慣――成功には原則があった！』キングベアー出版、一九九六年
斎藤茂太『いい言葉は、いい人生をつくる』成美堂出版、二〇〇五年
斎藤茂太『くよくよしない人の頭のいい習慣術――人は心配するようにできている』三笠書房、二〇〇六年
坂本光司『日本でいちばん大切にしたい会社3』あさ出版、二〇一一年
佐藤伝『50代から強く生きる法――「上手にあきらめる」と、頭も心もラクになる！』三笠書房、二〇〇

一五年
染谷和巳『上司が「鬼」とならねば部下は動かず――強い上司、強い部下を作る、31の黄金律』プレジデント社、二〇〇〇年
田中真澄『積極的に生きる――人生百歳時代の生き方』ぱるす出版、一九八三年
田中真澄『人生、勝負は後半にあり――あせる必要はなにもない』ＰＨＰ研究所、一九八五年
出口治明『「働き方」の教科書――「無敵の50代」になるための仕事と人生の基本』新潮社、二〇一四年
出口治明『50歳からの出直し大作戦』講談社、二〇一六年
宮島賢也『医者なし薬なしでいつの間にか「うつ」が消える本』ＫＫベストセラーズ、二〇一四年
山崎房一『心が軽くなる本――「不安」を「安らぎ」に変える57のヒント』ＰＨＰ研究所、一九九六年
山崎房一『心がやすらぐ魔法のことば』ＰＨＰ研究所、一九九七年

■著者プロフィール

寺島はじめ（てらしま・はじめ）

東京下町生まれ。早稲田大学理工学部卒。大手製造メーカーに勤務。全社的品質マネジメントの担当部長。中小企業診断士・ファイナンシャルプランナー。

メールアドレス：terashima.h123@gmail.com

出世ができずに「うつ」になった中年ビジネスマンへ
——精神科医との365日

二〇一八年四月二十七日　第一刷発行

著　者　寺島はじめ
発行者　川畑善博
発行所　株式会社 ラグーナ出版
〒八九二－〇八四七
鹿児島市西千石町三－二六－三F
電話 〇九九－二一九－九七五〇
URL http://www.lagunapublishing.co.jp/
e-mail info@lagunapublishing.co.jp

日本音楽著作権協会（出）許諾第一八〇三四九九－八〇一号

印刷・製本　シナノ書籍印刷株式会社
定価はカバーに表示しています
乱丁・落丁はお取り替えします
ISBN978-4-904380-75-8　C0095